新・紫式部日記

夏山かほる

PHP
文芸文庫

○本表紙デザイン＋ロゴ＝川上成夫

新・紫式部日記　目次

【登場人物一覧】

小姫（藤式部）……藤原為時の娘。後の紫式部。彰子に仕える。『源氏物語』作者。

藤原道長……藤原兼家五男。天皇に娘を入内させて結びつきを強くする後宮政策を推し進め権力を握った。

源倫子……道長の正室。彰子母。

藤原彰子……道長の長女。一条帝中宮。敦成親王（後一条帝）・敦良親王（後朱雀帝）母。

一条帝……第六十六代天皇。

藤原定子……藤原兼家長男道隆の長女。一条帝中宮のち皇后。敦康親王・脩子内親王・媄子内親王母。

藤原行成……公卿。実務に長け一条帝や道長からの信任が篤い。

清少納言……中宮定子に仕えた女房。『枕草子』作者。

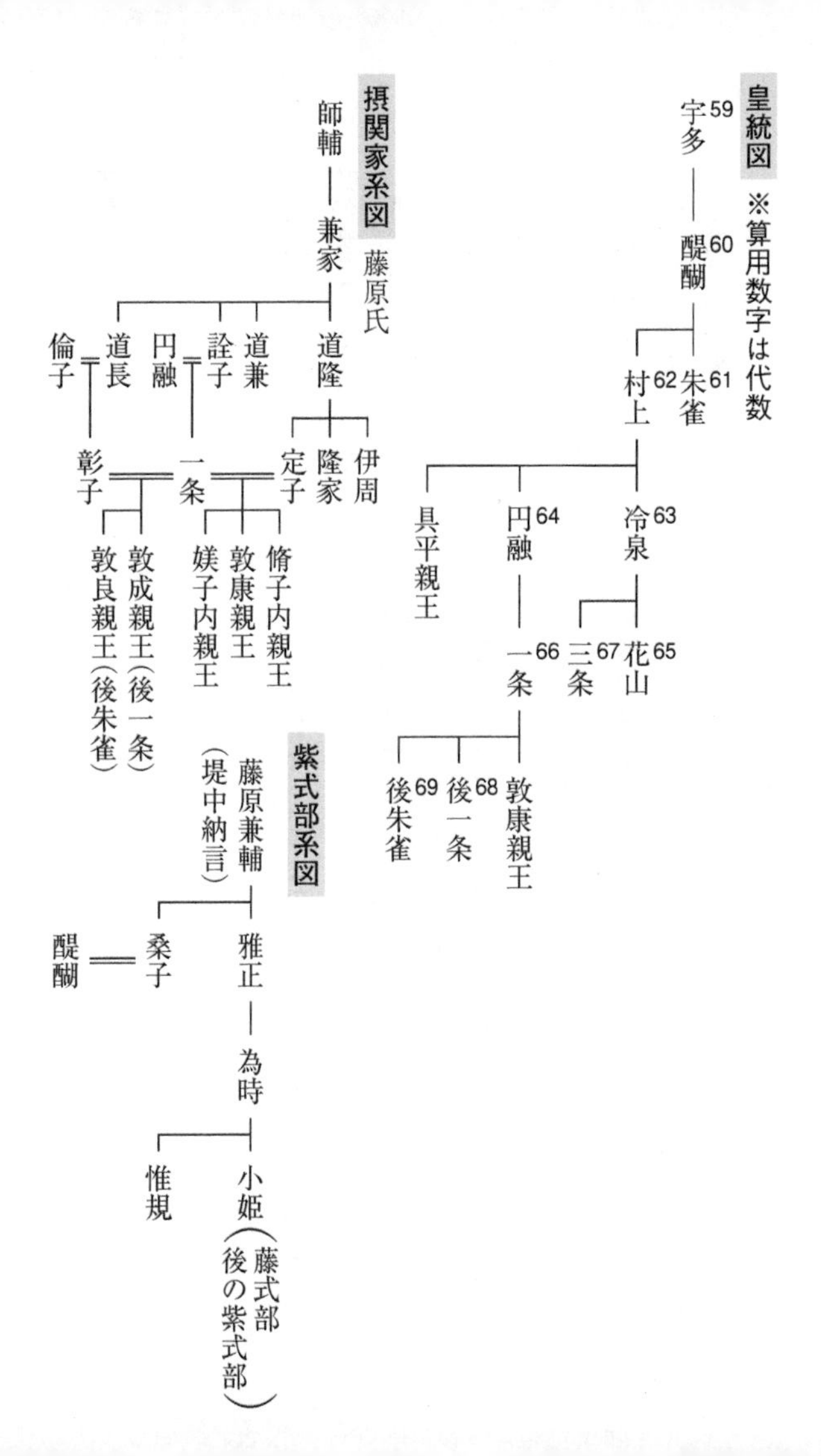

皇統図
※算用数字は代数
59 宇多
60 醍醐
61 朱雀
62 村上
63 冷泉
64 円融
具平親王
65 花山
67 三条
66 一条
敦康親王
68 後一条
69 後朱雀
摂関家系図
藤原氏
師輔
兼家
道隆
道兼
詮子
円融
道長
倫子
伊周
隆家
定子
一条
彰子
脩子内親王
敦康親王
媄子内親王
敦成親王(後一条)
敦良親王(後朱雀)
紫式部系図
藤原兼輔(堤中納言)
雅正
桑子
醍醐
為時
小姫(藤式部 後の紫式部)
惟規

序

上弦の月が薄紫色の宵闇に浮かんでいた。賀茂川の堤に接した広壮な邸から、管弦の音色がかそけく響いた。

邸の主は堤中納言と呼ばれる藤原兼輔だった。磊落な風格の兼輔の傍らを、ごく気の置けない文人たちが囲んでいた。中の一人、清原深養父は、やせぎすの体に粗末な狩衣を纏った出で立ちを意にも介さず、自在に琴を弾じて中納言の詠歌に節を合わせた。

任国土佐から戻ったばかりの紀貫之は、二人の様子を眺めては心地よさげに杯を傾けた。深養父も貫之も、高位の友人を前にして、卑官の身を恥じることもなかった。三人の文人は、ただ夏の夜の興趣に身を任せていた。

兼輔は興が乗るままに和歌を詠じた。

人の親の心は闇にあらねども
　子を思ふ道に惑ひぬるかな

詠じ終わると、深養父に向けて意味深な笑みを投げかけた。深養父はからからと笑い声を立てた。

「中納言殿、そのお歌は私めの和歌を種になさいましたな」

「そなた、気づいたか」

貫之もうなずきながら杯を置いた。

「いつぞや深養父殿が詠まれた和歌を基になさったのですね」

貫之はその歌を詠じてみせた。

人を思ふ心は雁にあらねども
　雲居にのみもなきわたるかな

深養父はしみじみと聞き入った。

「私は恋の歌として詠みましたが、こうして詠み替えられますと、親子の情を謳う此方のほうが味わい深うございます」

その言葉にはどこかいたわりが含まれていた。

兼輔の息女は醍醐帝の後宮に入内していた。後宮には息女の前にすでに数人の后妃がおり、さらに十数人の皇子女が生まれていた。この兼輔の和歌には、他の后妃に後れを取って帝の元へ上がった娘を案じる思いが自然とにじんだ。

兼輔は何も答えなかった。ただ目を夜空へ転じた。貫之も同じ方向を見上げた。

彼もまた任地の土佐で娘を病で失っていた。

藍の深さを増した天に、月が皓々と輝いた。

――まこと、人の親は子を思う故に惑うもの。

誰の心のつぶやきがもれたのか、叢に蛍が一つ二つ点じた。そのうすみどりの粒はこぼれた月の光のように明滅し、やがて闇に融け入った。

第一章

一

あの上弦の月の夜から五十年ほど後、兼輔に創建された邸はすっかり古びていた。しかし、広々として風情ある趣は、昨今新造された建物にはない風格があった。

十六歳の小姫は、御簾の隙間から、秋の気配が少し漂ってきた庭の前栽をそっと眺めた。

簡素な蘇芳襲の衣に身を包んだ少女は、すっきりした顔立ちに澄んだ瞳が印象的だった。まっすぐな目の光で女郎花のさやぎに目を凝らした。

絵物語や漢籍の冊子本をいくつも広げた庇の間に、簾の隙間からさわやかな川風が吹き抜けた。耳を澄ますと、風に乗って、築地塀の向こう、東京極大路を隔てた土御門第から、微かに人々のざわめきが聞こえるようだった。

ふいに背後から乳母の声がした。

「小姫君さま、さような端近においでになってはなりませぬ。外からお姿があらわにござりましょう。まもなく殿さまも宮中よりお戻りになられます」

言葉が終わらぬうちに、小姫の足下を子猫が簾を蹴立てて走り抜けた。乳母は言わぬことではないと顔をしかめた。

平安の当時、女人は他人から姿を見られぬよう身を慎むことが是とされた。住まいの奥深くで暮らし、直接顔を合わせるのは肉親や夫、またごく身近に仕える女房(侍女)などに限られた。

小姫の父藤原為時は、堤中納言藤原兼輔の孫にあたった。もう四十近いが、時の趨勢により、権臣だった祖父とは異なり卑位に甘んじていた。

しかし学問を菅原文時に師事し、春宮師貞親王の読書始に奉仕する名誉に浴した。文事を愛好する宮廷貴族らとの交友に熱心で、ことに、当代(円融帝)の弟宮具平親王を中心とした集まりにはよく顔を出した。親王は文才に恵まれ諸芸に通じた貴公子だった。後見が弱く皇位継承からは遠い存在だったが、その秀でた容貌と相まって宮中女房の憧れの的だった。

ほどなく帰ってきた父は普段と異なり興奮気味だった。小姫の周囲を機嫌良く見回した。

「女子ながら学問に熱心なことだ。そなたが元服したら、すぐにでも大学寮の学生になれただろう」

世間では女子が漢籍に触れるなど眉をひそめられる行為とされた。しかし、学者でもある父はとがめもせず自由にさせた。ただ、この日は様子が違った。

「父君、お帰りなされませ。宮中で何かよいことがおありになりましたか？」

娘の言葉に父は大きくうなずいた。

「春宮さまがご即位あそばされる運びとなった」

後に花山帝と呼ばれる春宮師貞親王は数えで当年十七歳、為時にとっては畏れ多いが学問の師として指導する立場にあった。その皇子の即位は同時に、近しく仕える為時の地位向上を意味した。

「式部丞を務めよとのご内意を承った」

「まあ、式部丞に」

式部省は国政を司る太政官の下にある八省の一つで、文官の人事を取り仕切り、大学寮等を管理した。丞は三等官で大丞と少丞に分かれた。

「さらに、六位蔵人も仰せつかった」

小姫は目を丸くした。六位蔵人は位階が上から六番目である蔵人で、帝の側近く仕え日常の膳の給仕などに奉仕した。そのため六位であっても昇殿を許された（通常は五位以上）。また六位の蔵人に叙爵されると後に受領（国司）に任じられる資格を得ることができた。地方に下向する受領は中下級貴族にとって経済的な豊かさを約束するものだった。

だが、為時にとっては、いよいよ表舞台に立ち、自己が評価される時が来たという思いの方が強かった。

「これから忙しくなるぞ」

そう話す為時は、小姫が今まで見たことがないほど潑剌と輝いた。小姫は父がことあるごとに一門に頭を下げて、なんとか官職を得ようと奮闘してきたことをよく知っていた。

「父君、よろしゅうございましたね。常日頃、土御門のお邸にもよくお願いに参じておられましたものね。それが、読書始にご奉仕なさった春宮さまよりお引き立てがあるとは」

土御門第は、一世の源氏左大臣源雅信の邸宅だった。雅信の正妻穆子は、小姫の亡き母と親戚だった。また、穆子の祖父定方と為時の祖父兼輔も従兄弟同士で、二代も遡れば、土御門の家と為時の家門は同格の親族だった。

　その血縁により、為時の一家は、経済的には不如意ながらも土御門家一門の端くれに加わっていた。小姫も物心ついた時分から、女房見習いのような形で邸に出入りした。

「うむ。なれど、土御門には、何くれと世話になっておるゆえ、宮中からの帰りしなに挨拶に伺った。されば、先頃そなたがものした物語の草子がたいそう面白いと、奥方さまや姫君よりお褒めにあずかったぞ」

　小姫は、父の言葉に目を見張った。

「あの物語を奥方さまたちがご覧になったのですか？　私は女房方のお慰めになればと書きましたものを」

「雨夜の品定めなどよく書けておると、お邸うちで評判だそうだ。私も読んだが、中の品（中流階級）の女人との恋が興味深い。あれは秦中吟や新楽府から思いついたのか？」

　秦中吟や新楽府は白楽天の諷諭詩だった。

「いいえ、表現は借りましたが、物語の筋は自分で考えました。元々はお邸の女房方がさまざまお話しくださった譚を物語にしたのでございます。お一人お一人それぞれ違った恋の模様が面白うございましたので」

「誰が書き方を教えたわけでもないのに大したものだ。穆子さまは続きが読みたいと仰せになったぞ。他に書いたものがあればお目にかければよい」

小姫は夢見心地でうなずいた。初めて書いた物語が、高貴な人達に思った以上に喜ばれたということが嬉しかった。

「さは言え、こうなっては次の勧学会はもう参加はできまいの」

為時は寂しげに語った。勧学会は、当代随一の知識人慶滋保胤が主宰する法華経を題とする念仏と詩文の会だった。

「勧学会といえば、いつぞや父君が、大切な唐渡りの書物を忘れておいでになったあの集まりですね」

「さようなこともあったな。やんごとなき方のお邸にて、常ならばお姿を拝見することも能わぬ雲上人の方々と詩を詠み交わすなど、夢のような出来事だった。貴顕の方々に我が家に伝わる貴重な書籍をご披露しようとしたのはよかったが、つい我を忘れてしまった。しかし、ご親切にもどなたか知らぬが届けて下さったのは幸甚だった。考えてみれば、その頃から我が家に福運が巡ってきたのかもしれぬな」

謹厳な為時にしては珍しい失敗だった。それほど父の心は浮き立っていたのだろうと、小姫は思いやった。くだんの書物は、後に為時が留守の間に届けられ、小姫が受け取っていた。

　小姫は父に内心を悟られないよう用心深く尋ねた。

「勧学会は、具平親王さまのお邸で開かれたのですか」

　具平親王の非凡さは、小姫の耳にも入っていた。

「さようだ。無聊を託っておった間も勉学を怠らず、御念仏を唱え申して御仏におすがりしていた甲斐があったというものだ。おお、そういえば、具平親王さまもそなたの物語をご覧になり興がられたとか」

「具平親王さまが？」

「おそらく女房衆の誰かがお目にかけたのだろう。かの皇子は、色好みであらせられるからな」

　為時は、そういうと何かを思い出したように自室へ引き上げた。もう早、新帝の朝廷へ登庁するための支度に取りかからんばかりの勢いだった。

　小姫は未だ見たことのないその皇子の相貌を密かに思い描いた。噂によれば、諸芸に秀で書道その他に長じた才子にもかかわらず、頼りになる後見がおらず立場の弱い皇子だった。女房たちから洩れ聞くその姿形は、知らず知らずのうちに甘い光に縁取られた。小姫はいつとはなく、その気の毒な皇子を主人公として恋物語を夢想した。

その人を思い描きながら書いた物語を、当人はどう読んだのだろうか。

小姫は面はゆさとときめきのような気持ちがわき上がるのを抑えられなかった。

二

為時の幸運な時期は長くは続かなかった。

式部丞として仕える十七歳の当今は、様々な意味において若かった。朝廷を改革せんと、後に「花山新制」と呼ばれる新しい施策を次々に打ち出した。中でも、貴族の私的所有となる荘園の増加を取り締まるための荘園整理令などは、その対象となる上流貴族層からの反発が強かった。

右大臣藤原兼家らはひとまずその方針に従ったが、それは表向きの姿勢に過ぎなかった。帝の近臣を春宮時代から側近く仕えた貴族たちが占めたのも面白く思っていなかった。

近臣は帝の叔父にあたる藤原義懐と乳母子藤原惟成だった。どちらも、もともと朝廷の政事を執れる身分ではなかったが、帝の即位とともに権力を握った。

帝は、他にも価格統制令や地方行政の改革令など、自らの手による改革を断行した。為時はひたすら帝を支え続け、小姫はそんな父をじっと見守った。右大臣らの勢力からの風当たりは強かったが、為時自身は政務に邁進することに余念がなかった。

しかし、天は為時らの努力を無視した。饑饉や災害が重なり、年が改まると帝の周辺で死が相次いだ。五月に同腹の二歳上の姉尊子内親王が薨じ、七月には寵愛の女御が没した。帝の一つ年下のこの女御は亡くなった時身ごもっていた。身近な年の近い者たちの打ち続く死は、若い帝には酷な経験だった。

為時は式部大丞に昇進したが、この頃時折自宅で深いため息をつくようになった。

「父君……」

たまに小姫と膳を囲んでも心ここにあらずだった。曖昧に娘に頷くと、そのまま自室へ引き上げることがしばしばだった。小姫は何か声をかけようとしたが、世間知らずの自分が何を言えばいいのか分からなかった。

乳母たちの噂話に上った宮中の暗雲が耳朶に蘇った。

——主上(おかみ)は、おん嘆きのあまり、この世を厭(いと)い離れんと思(おぼ)し召すそうな。

——なんと、それでは仏門に入られるというのですか？　あの若さで。

——お年若なのもさることながら、在位中に仏門に入られた帝はおられぬ。前代未聞のお振る舞いにござります。

——それよ。御仏の弟子になるには、今のままでおられるわけにはいかぬ。

——なれば……。

会話はそこで途切れた。誰かが聞いている気配を察したのか、語ろうとした言葉の禍々(まがまが)しさに気づいたのかは分からなかった。小姫は言葉の続きを内心で独(ひと)り言(ご)ちた。

——仏門に入るには、御位(みくらい)をお降りにならねばならぬ。

声に出したわけではないのに、思わず辺りを見回した。滅多なことを口にしてはならなかったが、帝の望みを本当に叶えるためにはそうするより他になかった。それは、帝を奉じる者たちにとって時めく時期の終わりを意味した。

——そうなれば、父はどうなるのだろう。

小姫は、我知らず唇をかみしめた。

ようやく時を得て、九重(ここのえ)深く立ち交じり、本領を発揮している父の生き生きとした顔が浮かんだ。長い無聊(ぶりょう)の後やっと巡ってきた時節だった。父の気持ちを思うと、小姫はいてもたってもいられなかった。

小姫の家族は母も姉も早く亡くなっていた。弟はいたが、まだ幼かった。今、父のために何かできるのは自分しかいないのだ。

石山寺(いしやまでら)への物詣でを父に願い出たのは、そんな気持ちからだった。

石山寺は、近江と京の境にあり、淡海(おうみ)の湖(うみ)（琵琶湖(びわこ)）から流れ出る瀬田川(せたがわ)沿いの伽藍山麓(がらんさんろく)にある古刹(こさつ)だった。当時は観音信仰の高まりと相まって、石山詣でが盛んに行われた。特に、秘仏の観音は霊験(れいげん)あらたかで、衆生(しゅじょう)の願いを聞き届けてくれると、都で評判だった。

小姫は、自分のために仏に祈りに行くなどと知ると、父から止められると思い、これからの良き伴侶(はんりょ)との出会いを願うためと説明した。

日頃は家の内で読書や書き物をするばかりの娘が、珍しく外出したいと言い出したのに、為時はいささか奇妙な顔をした。しかし、さして気に留める風もなく許しを出した。為時としては日々不安定さを増す朝廷の実務で頭がいっぱいだった。

陰暦(いんれき)六月、季夏(きか)の下旬、小姫は小人数で石山寺に参籠(さんろう)した。

平安の当時、女性が外出できる機会は限られ、遠出といえば季節の物見か寺社への参拝などに限られた。そのため、家からほとんど出ない小姫にとっては、見るものの聞くもの全てが新鮮だった。都大路を行き交う人々や賑やかな往来の様子、また洛外に出て以降、細い田舎道には草や木が遠慮なく茂り、緑が広がる田圃を渡る風は匂いもみずみずしかった。

ようやくたどりついた石山寺は鬱蒼とした山に抱かれ、眼下に淡海の湖が望まれた。昼は眩しい湖面から吹き抜ける風を感じ、夜は皓々とした月影が湖を照らした。

参籠は三七二十一日間祈禱を行うのが普通だが、宿坊に泊まる費用の都合もあって、そんなに長く逗留できない小姫は、もっとも簡素な日程の七日間籠もることにした。

――石山の観音さま、何とぞ九重が穏やかとなり、父が手腕を発揮できるようお助け下さい。

小姫は、都とは全く違う趣の中、大勢の善男善女に交じって父のために祈り続け、参籠の最後の七日目には疲労困憊してしまった。

「小姫さま、もう出立しませんと、都に着く前に日が暮れてしまいます」

道中の安全を心配した乳母は一刻も早い出立を促した。しかし、小姫は頑として譲らなかった。

「石山観音は衆生の願いを聞き届けてくれると言いますが、宿願成就には一度誓った期間の祈禱は上げきらなければならないと聞きます。もともと誓ったのは一番簡素な七日間の祈禱です。せめてこれを遂げないと都へ帰ることはできません」

そういうと小姫は再び父のため一心に祈った。

ようよう祈禱を上げ終え、石山寺を出立したのは、予定より大幅に遅れた時刻だった。

寺を出るとき傾き始めていた陽は、都に戻った頃にはすでにとっぷりと暮れ果てて、賑やかだっただろう大路も静まりかえっていた。

小姫は牛車に揺られて眠り込んだまま自邸に到着するはずだった。しかし、ギッと音を立てて牛車は歩みを止めた。

同車した乳母が寝ぼけまなこで供を呼んだ声が聞こえた。

「いかがしたのですか」

「それが、牛飼童が申すには、この先が封じられているとのことにござります」

小姫の自宅である堤邸は賀茂川べりにあり、粟田口からそのまま川沿いに北上すればいいだけだった。

しかし、乳母は到着が遅れたことを気にした。夜が更けては物騒だと、あえて都に入り街中の東洞院大路を通って戻る経路を主張した。

小姫も、昨今盗賊が出没し、検非違使庁が取り締まりを強化していると聞き知り、人気のない洛外沿いを行くより、遠回りでも都の中を帰った方が安全だと賛成した。それもあって、かえって気が緩んで眠ってしまったのだった。

小姫も物見小窓を少し開け、外の様子を窺った。夜の都は不気味な静寂に沈み、藍色の衣にすっぽり被われていた。少し留守にしただけなのに、見知らぬ町に紛れ込んでしまった気がした。

さらに首を捻って見上げると、有明の月が何かを訴えるように輝きを放っていた。

——何か良からぬことが起きたのではないか……。

そう不安を掻き立てる輝きの強さだった。

小姫は乳母の止めるのも聞かず、牛車の前簾の隙間から、するりと外へ降り立った。供の一人は慌てて沓を捧げ持ち、そのまま腰を屈めた。

隠れもなく往来に立つなど、常ならば女子が為してよい振る舞いではなかった。けれど、小姫はただならぬ予感に突き動かされた。

松明を持った先導の供の前に立って、夏の闇に目を凝らし、周囲をじっと見回した。目が慣れてくると、夜の町の景色がしだいに浮かび上がってきた。

自分たちがいる辻からは、もう半町も行けば東一条殿と呼ばれる各種の花々を植えた邸があり、その角を曲がって突き当たりの東京極大路沿いを行けば、通りに面した土御門第が見えてくるはずだった。

その真ん中に立って、小姫は夜の声を聴くように、五感を研ぎ澄ました。

牛飼童が指し示す先に、いくつかの火影が動くのが見えた。ちらちらとせわしない動きから不穏な気配が漂った。この先の夜陰の中に、武具を携えた輩が幾人もうごめいていると分かった。

簾を掲げて中から様子を窺っている乳母が、傍らで身震いするのが伝わった。

「盗賊やもしれませぬ。私が此方を通ることを申したがために、かような災難に遭うてしまいました」

「そなたのせいではありませぬ。私もそちらがよいと思うたのです。それに、盗賊とは限らぬではありませぬか」

そういう側から小姫の語尾もかき消えそうだった。盗賊ではないかもしれないと願いながら、盗賊以外の者がこんな夜に動き回っているとも思えなかった。

小姫は息をひそめてそっとささやいた。

「あの者たちはまだ気づいておりませぬ。火を消し、なるべく音を立てずにこの場を立ち去るのです」

このまま闇の中に立ち紛れてしまえば、気づかれずに済むかもしれない。自分と乳母とわずかな供連れでは、襲われればひとたまりもなかった。乳母はあわてて松明を消すよう供に指示した。

けれど、一瞬それは間に合わなかった。

辻の向こうの火影が何かに気づいたように一斉に揺らいだ。はっとした刹那（せつな）、馬のいななきが響いた。と同時に鋭い蹄（ひづめ）の音が此方へ突進してきた。

この道の露になるためにここを通ってしまったのか。父のためにと思い立った石山詣でだったが、こんな結末になるとは思わなかった。

蹄の音はあっという間に近づき、馬の息づかいがすぐ側まで迫った。小姫は我が身の拙（つたな）さに絶望しながら、袂（たもと）の念珠（ねんじゅ）を握りしめ目を閉じた。

「其許（そこもと）らは、何処（いずこ）の家の女房衆か」

聞こえたのは、ゆったりとした若い男の声だった。

おそるおそる見ると、松明の明かりに浮かび上がったのは、馬にまたがった公達（きんだち）

だった。

大柄で小姫より四、五歳年かさに見えた。すっきりした丸顔で簡素な狩衣（かりぎぬ）を着込んでいた。

背に弓やなぐいを負うてはいるが、こちらをまっすぐ見おろす眼は大きく、どこにも荒（すさ）んだ色はなかった。どことなく品のある頤（おとがい）や衣の艶から、盗賊の頭領などではなく高家の子弟と見て取れた。

「この先は行けぬ。故（ゆえ）あって、何人も通してはならぬというお達しだ」

乳母や供たちは、ともかくも相手が盗賊ではないことに胸をなで下ろした。互いに顔を見交わし、小姫を連れてその場を立ち去ろうとした。けれど、小姫はその手を振り払って、公達に尋ねた。

「あなたさまはどなたにござりますか？　お達しと仰せですが、何処からのお達しなのですか？　朝廷ですか？　それとも別の？」

どうやらこの公達は盗賊ではないらしい。しかし、本当にそんな緊急の命令があったのか、帝の側近くに仕える父を持つ小姫は確かめようとした。

「そなたこそどこの家の者だ。父の名を申せ」

公達は自分が答える代わりに、小姫に尋ね返した。

「我が父は、式部大丞藤原為時にござります」

公達は一瞬目を細めて小姫を凝視した。小姫も、火影に浮かび上がる鋭い眼差しを逃さなかった。

「して、あなたさまはどなたにござりますか」

小姫は再び尋ねたが、公達は鋭い眼差しを浴びせるだけで答えようとしなかった。乳母がおののきながらも割って入った。

「若君さま、畏れ入りましてござります。姫君は物詣でよりのお帰りにござります。帰洛の時刻が遅うなりましたので、こちらの通りを通ってお邸に戻る途中にござります」

「藤原為時が娘と申したな。かの者の家はこのわたりにあるのか」

公達は不審そうにあたりを見渡した。

「我が家は、中川（賀茂川）わたりの堤邸にござります。東一条殿の角を曲がって東京極大路まで出ればすぐにござります」

「中川わたりか。この時刻に川沿いを行くより洛中の方が安全だと思うたのだな。それは賢明だ」

小姫の答えに、公達は合点したようにうなずいた。続けて何か言おうとした時、遠くで鶏の鳴く声がした。

小姫は思わずつぶやいた。

「あれは空鳴ではなくまことの鶏鳴なれば、この関も開いてようございましょう」

小姫が喩えたのは、明け方一番鶏が鳴くまで開かない函谷関を抜けるため、鳴き声を真似たという史記にある故事だった。

それを聞いた公達は目を見張った。

「女子ながら史記を読んでおるのか。識者藤原為時が娘というは、まことのようだな」

そして何か思案する顔つきとなった。と、そこへ小姫たち一行が来た方向からまたも蹄の音が聞こえた。

小姫が反射的に身構えると、その一騎は小姫たちの牛車を素通りし、公達の前でさっと下馬した。そして、公達に走り寄り、何事かを耳打ちした。

公達はちらりと小姫に目をやった。

「そなた達はついておるぞ。この関はもう不用となった」

そういう公達の表情は先ほどとは打って変わった。頬を引き締め、こわいような真剣な眼差しで使者の来た東の方向を見やった。

「不用とは？」

「私はもう行かねばならぬ。そなた達の行き道を邪魔する者はもうおるまい。されど万一の用心のため警護を付けてやろう。私が足止めしたせいで、まことの盗賊に遭うては夢見が悪いからな。心安くおのが家へ帰るがよい」

再び乳母たちは互いに顔を見交わし、ほっとした様子を隠さなかった。

「ようございましたね、姫君さま」

しかし、小姫は答えず、公達を見据えた。

「まだ、私の問いにお答えになっておりませぬ」

公達は自分が何者なのかも、なぜこの先の通りを封じたのかも答えていなかった。どさくさに取り紛れそうだったが、小姫は自分の疑問が何も解消されていないことを忘れなかった。

公達はもう一度だけ鋭い眼差しを小姫に向けた。しかし、やはり何も答えないまま馬に一つ鞭（むち）をくれた。それを合図に、地響きを轟（とどろ）かせて馬たちは走り出した。

「お待ち下さい！」

小姫は叫んだが、公達たちは去ってしまった。

その時、小姫の背後からひたひたと小走りに近づいてくる足音が聞こえてきた。

「姉君！」

「お迎えに参りましたぞ」

声とともに、さっきまで封鎖されていた辻の向こうから、いくつかの松明が駆けてきた。弟の惟規（のぶのり）と、父に漢籍を習いに来る少年ら二、三人だった。

彼らがやって来られたということは、まことに道の封鎖は解かれ、完全に常の平安を取り戻したらしかった。一番利発な少年がしっかりした声で言った。

「お帰りになる刻限より大分過ぎたと、惟規殿が心配されておりましたぞ」

隣で優しげな少年がうなずいた。

「皆でお迎えに参れば、百鬼夜行（ひやっきやこう）に遭うても恐ろしくなかろうと思いまして」

二人の間で、弟の惟規は得意そうに落ちつきを払った。

「今月は百鬼夜行の通る日はないと、先日父君が仰せになったので、大丈夫だと思ったのです。それに、乳母は常々、夜は洛外より洛中の方が人気（ひとけ）があると申しておりますゆえ、こちらの道だろうと」

小姫は嬉しく思いながら、ふと疑問を抱いた。

「皆ありがとう。でも、そなたたちだけで来たのですか？　父君は？」

「父君はまだ宮中からお戻りになりませぬ」

「まだ？　今日は早下がりの日ではありませぬか？」

「そうなのです。だから、今日は久しぶりに詩文の稽古をしていただけるとのことで、皆で待っておったのですが……」

小姫の胸に、はっきりとした不安が広がった。

改めて公達が去った方向を見やると、彼らの姿をのみ込んだ夜の藍色は、かすかに淡くなり始めていた。有明の月が、天上に独りきりで懸かっていた。

この月が照らすどこかで、一体何が起こったのか。

誰に問うても、答えは返るはずもなかった。せめて、月に問おうとしたその時、風に流れた叢雲(むらくも)が月の面(おもて)を覆い隠してしまった。それはまるで、一つの御代(みよ)の終わりを小姫に告げるようだった。

小姫は、当夜が、後に「寛和(かんな)の変」と呼ばれる花山帝出家事件の日だったことを、この時はまだ知る由(よし)もなかった。

第二章

一

寛和二（九八六）年の花山帝の突然の出家は、宮中勢力図を大きく描き替えた。寵愛の女御に死なれ、世をはかなんだ若い帝を出家へと誘い込んだのは、右大臣藤原兼家とその子息たちだった。

小姫が不安を抱いて有明の月を見上げたあの夜、その月光の下で、帝は宮中を導かれるまま脱出し、山科の元慶寺で脱俗を遂げた。ともに出家すると誓い、帝を寺まで誘導したのは蔵人（帝の側近）である兼家三男の道兼だった。道兼は、月光があらわであると怯む帝を、言葉巧みに宮中の外へ連れだした。

長男道隆は、異腹の弟道綱に命じて三種の神器を凝華舎（春宮懐仁親王の居殿）へ移動させた。

帝の出家の儀式が済むと、道兼は親に別れを告げてくると言い置いて、武者に守られながら寺を後にした。後を追ってたどり着いた義懐と惟成は、剃髪した帝の姿を目の当たりにし泣き崩れたという。

右大臣兼家は直ちに、自分の孫である七歳の春宮懐仁親王（後の一条帝）を即位させた。帝の代替わりに伴って台閣の顔ぶれは入れ替わった。これ以降、朝廷は兼家と新帝生母である娘詮子の二人の主導となり、政権は兼家とその一族によって独占されることとなった。

花山帝の周囲にいた人々の栄華は、二年足らずだった。小姫の父為時も失職の憂き目に遭った。

あの夜から十五年ほどが過ぎた。

為時は事件後長く沈淪し、ようやく越前国守に任官したのは十年の後だった。父が不遇の間も、小姫は物語を少しずつ書き綴りながら成長した。そして、亡き母のかわりとしての越前への同行、帰京、自身の結婚、妊娠、夫との死別と、めまぐるしい人生の体験をこの三年のうちに過ごした。

――あれは、夢だったのだろうか。

思いを馳せていると、胸に息苦しさがわき上がった。それはこの数年で一番辛い思い出だった。

夫が流行病（はやりやまい）に斃（たお）れたとき、小姫は身ごもっていた。そして、心の準備をする間もなく夫は急逝（きゅうせい）してしまった。

そのあっけなさからの空しさと心労に、小姫は打ちのめされ死産に繋（つな）がった。この世に生を享（う）けることのできなかった子は女の子だった。

夫と子の相次ぐ死はあまりに辛い出来事だった。人付き合いの少ない小姫の妊娠は、元から知る人が少なかったので、娘を思いやった父為時と乳母（めのと）は死産の件は周囲に伏せた。たまさか問われれば、生まれた子は体が弱いので田舎にやっていると答えた。そんな事があって小姫は三十路（みそじ）に入っていた。

秋の風が、庭の女郎花（おみなえし）を揺らした。

自分もこの庭も何も変わっていないのに、過ぎた時間が幻のように思えた。

涼やかな夕暮れの風が、いたわるように流れ込んだ。めっきり白髪が増えた乳母がそろそろと寄ってきた。

「お着替えの刻限にございます」

「ええ、お願いします」

乳母は吐息をついた。

「世が世なれば、小姫さまも奥方として不自由のないお暮らしでしょうに。それ、あの松浦（まつら）に下られたお友達のように」

小姫はいつもの繰り言と聞き流した。

外着の着替えが終わった頃、父為時が顔を見せた。皺（しわ）が増え面瘦（おもや）せしていたが、しゃんと背筋は伸びていた。

「これから土御門（つちみかど）のお邸へ行くのか」

「はい、父君。今日は、倫子（りんし）さまにお約束した新しい草子をお持ちする日なので」

傍らの文机には、既に書き上げて清書した真新しい草子が数帖（すうじょう）きれいに重ねられていた。小姫は綴（と）じ糸もあざやかな紺色の表紙をそっと撫（な）でた。

――そうだ。私には、これらの物語があった。

我が子はこの世に生を享けられなかったが、小姫が創り出した物語は生きていた。

少女の頃手慰みに書いた物語の草子は、土御門第（つちみかどてい）の女性たちに好評で、女房たちの噂になるほどになっていたのである。

「苦労をかけて済まぬな。夫と子を亡くしたそなたを助けねばならぬのは親であるこの私なのに。この頃は、漢籍を習いにくる子弟もわずかになってしまった。学問しか取り柄がないのに情けないことだ」

「何を仰せになります。父君は、漢籍の素養にて大国越前の国司になられたではありませぬか。また、きっと学問が助けてくれる時が参ります。それに弟の惟規もおりますし」

「惟規は未だ大学寮の学生だ。まだ面倒を見てやらねばならぬ。私は主人として家を支えていかねばならぬのに」

「いいえ」

小姫はかぶりを振った。

「父君は立派に私たちを支えて下さっています。父君に教えていただいた学問は、私の物語の中に生きておりますから、大本は父君にあります。おかげで、私は自分の物語が書けて、それが家の役に立つのです。私にとってこんなに嬉しいことはありませぬ」

「そう言ってくれると、私も少しは心が軽くなる。しかし、そなたには感心する。よくそのように、無からの物語を書き続けられるものだ」

父に褒められ、小姫は照れ隠しに微笑んだ。

「丸きりの無からではありませぬ。家にある漢籍、それに伊勢や大和の歌物語、竹取や宇津保の物語など、すでにある物語を読むうちに真似事から始め、だんだんと書けるようになりました。そうするうちに、女房たちから実際の恋愛話を聞くと、自然と物語が浮かんでくるようになったのでござります」

小姫にとって、書物から得た種が実って創作に至ったのは、木の実が熟するように自然なことだった。

「それに、これまで書き続けてこられたのは、倫子さまのお陰にござります」

土御門第の娘倫子は五歳ほど年上で、母穆子とともに小姫の書くものを喜んだ。兼家の息子道長を婿に取った後も変わらず愛読を続けた。

「書き手は高貴な方の支えなくして創作に集中できぬからな。よき読み手あってのよき書き手というわけか」

小姫は、土御門第から支援を受けて物語を書き綴った。

平安の当時、上質な料紙は高価な貴重品だった。無官だった為時が、娘の手すさびのために潤沢に用意できる品ではなかった。倫子の計らいで、筆や墨も併せて小姫に与えられた。

「五年前、越前へ行く前は、お邸に住み込んで物語の女房になるよう勧めていただきました。さすがにそこまではとご遠慮しましたが、こうしてまたお引き立ていただだいたのはありがたいことでございます。最近は、一段と熱心に読んで下さり、ますます書く甲斐があります」

物語の女房になることは魅力的だったが、小姫は人気(ひとけ)の多いところで創作するのは気が進まなかった。迷っていたところに、為時が越前国守の任についた。小姫も同行することになり、その話は立ち消えになった。

寡婦(かふ)となったここへきて、土御門第から改めて物語の女房としての勤めの誘いがきたのだった。

——物語こそ私の子供のようなもの。読んでくれる人がいて、大きくふくらみ成長する。

小姫は、こう思いをかみしめた。

「この頃は、女房が書いた日記(にき)や草子が、男の書き物とはまた違うとて読まれておる。仮名文(かなぶみ)とは不思議なものだ」

これより少し前、兼家の妾(しょう)だった女人が、夫との生活や贈答した和歌などの記録を著し、蜻蛉日記(かげろうのにき)と称された。夫の兼家は、高位の貴族につきものの家集(いえのしゅう)や漢文日記を自らは残さなかったが、この作品はそうした側面を備えていた。

「宮中でも、女房の手になる物尽くしの草子が評判になっているとか」

「清少納言の枕草子のことか」

「さようにござります。土御門のお邸で少しだけ拝見しました。そういえば、物尽くしに挙げられた中には、いつぞや参詣した石山寺の名もありました」

枕草子の「寺は」の章段で、小姫は「石山」とあるのをすぐに見つけた。訪れたことのある場所の名が載っているのが少し嬉しかった。

「石山寺の観音は如意輪観音だ。此方に参れば、望みが意のままに叶うという。清少納言は何か叶えたい望みがあったのかもしれぬな」

為時は急に物思いに沈むようだった。小姫は、父の気を引き立てるように尋ねた。

「物尽くしだけでなく、ほかにも宮中の日常がいろいろと綴られ、あれは何と呼べばよい読み物なのでしょう」

清少納言は今上（一条帝）の亡き皇后、藤原定子に仕えた女房だった。

近侍した女房が描いた定子後宮の日常は、貴やかさと雅びに彩られていた。みじかい文章に亡き皇后のめでたさを留めた筆捌きに、小姫は強い印象を受けた。

今上が寵愛した定子は、第二皇女を出産後崩じた。後には、第一皇女と第一皇子、そして産み残された第二皇女の三宮が残されているはずだった。

為時は小姫の問いに答えずつぶやいた。

「あれは、皇后ご生前から周辺で読まれたようだ。なれど、特にこの二年ほど、あちこちで評判になっておるようだな」

「二年……」

この二年で、小姫は夫と子を亡くしていた。

夫宣孝は父の知り合いで、小姫とは親子ほども年の離れた伴侶だった。その年の差がかえって気楽に接することができる相手だった。

今度は為時が、黙り込んだ娘になんとか声をかけようと口を開きかけた。

「ご来客でございます」

その時、誰かが訪うたという知らせが来た。

「はて、約束はないはずだが、誰であろうな。ともかくお通ししろ」

「私はいかがいたしましょうか」

「そこに控えておればよい」

為時に呼ばれた客人は簾の向こうの簀子に礼儀正しく座した。

「ご無沙汰しております る」

「おお、誰かと思えば行成ではないか。珍しいこともあるものだ」

訪れたのは、為時が昔漢籍を教えたかつての少年、藤原行成だった。小姫もその名に覚えがあった。あの月の夜、帰りが遅くなった自分を迎えに来てくれた中の一人だった。

「都に戻られたと存じ上げていたのに、挨拶にも伺わず失礼いたしました」

これも三十ほどになった藤原行成は、もともと摂政藤原伊尹を祖父に持つ名流の生まれだったが、祖父も父も早世して後見がないため官位昇進で苦労した。しかし幼い頃から学問に精進し、その甲斐あって、六年前今上の蔵人頭に抜擢された。蔵人所は帝の側近く仕え私的な業務をこなす重要部署で、蔵人頭はその長官だった。

「珍しいとはそのような意味で言ったのではない。相変わらずまじめ一徹な少年のままだな。そういえば、そなたはこの頃、蔵人頭から参議になったの。遅いくらいだが、今上がたいそう信頼しておられ、側からお離しにならなかったとはまことのようだ」

「畏れ多いことにございます。今日は所用で近くまで参りましたので、伺わせていただきました」

行成は、少年の頃と変わらず、しっかりとした態度で慎み深く答えた。小姫も父の昔の教え子が出世しても忘れず訪ねて来てくれたのが嬉しかった。

懐かしさも手伝って、几帳を隔てながら父と三人でしばし歓談すると、途中で行成が気づいたように言った。

「小姫さまは、最近物語を書かれるそうですね」

小姫は意表を突かれ、袖で口元を被った。

「どなたがそのような」

「東三条院さまのところでお聞きしました。今日も先ほど伺いましたが、最近は女院さまもご覧になっているとか」

「まあ女院さまが」

東三条院詮子は先々代円融帝女御にして今上の生母だった。兼家の娘として生まれ、道隆、道兼、道長らは同腹のきょうだいだった。

そして詮子の末弟道長は、土御門の倫子の夫だった。そんな上つ方が自分の物語を読んでいると知り、小姫は誇らしさを抑えられなかった。為時も満更でもなさそうだった。

「小姫の草子が国母さまに読まれるとは出世したものだ。折も折、今日も土御門へ新しい草子を届けるところだ」

「土御門へ？」

行成は少し思案し、小姫にこう提案した。

「もしよろしければ、私に送らせていただけませんか。この頃は昼日中でも盗人などがおりますゆえ」

「行成殿に？　滅相もありませぬ。すぐそこなので、徒歩にても行けます。それに、三位の参議となられた御方に送っていただくなどできませせぬ」

「いいえ。わずかな道のりとはいえ、堤中納言の血を引かれる女人が、大路を歩くものではありませぬ」

結局、行成の牛車に乗っていくことになった。行成は小姫を見ると往時の事件が思い出されるようだった。

行成自らは供の馬に乗り、車のすぐ脇を警護するようについて行った。気詰まりにならぬよう気を遣ってか、小姫の物語のことがもっぱらの話題となった。

――女手の書き物が喜ばれているというのは本当かもしれない。

小姫が心密かに思っていると、行成が何気なく言った。

「これまでも、あちこちの女房がさまざまな物語を書いて、自分たちで読んでいるというのはありましたが、やはり枕草子が書かれた影響が大きいでしょう」

「行成殿はかの草子を全てお読みになったのですか？」

「全て読んだわけではありません。しかし、あそこに描かれた定子皇后のご様子は今でも目に浮かぶようです」

そう言って、行成は急に黙り込んだ。

小姫は亡き定子のことを考えた。

道長と倫子の娘である彰子が今上へ入内して以来、圧倒された定子皇后は、小姫の夫が亡くなる前年の暮れに亡くなった。中関白道隆を父に持ち、今上の寵を一身に集めたが、父親の病没後わずか五年ほどで二十五年の生涯を終えた。

貴族たちは道長の威勢を憚り、その葬儀は皇后の位にあった女人とは思えぬ寂しさだったという。葬送の夜、雪の降りしきる中を棺に従ったのは、実の兄弟や女房たちだった。

行成はこの時、哀傷の和歌を詠んだ。

世の中をいかがせましと思ひつつ
起き伏すほどに明け暮らすかな

為時が言うには、行成は蔵人頭という帝付きの官人であり、かつ定子所生(しょせい)の皇子敦康(あつやす)親王の家司(けいし)なので、立場上察するものがあったのだろうとのことだった。

しかし、今思いに沈む横顔を見ると、役目柄だけではない気持ちがそこにあるように思えた。

「私はよく存じませぬが、定子さまという方は奥ゆかしいお人柄だったそうですね。そこにおいでになるだけで、めでたさがこぼれるように匂わしかったとか」

「おん容貌(かたち)のめでたさだけではございませぬ。あの方を嫌うのは、冬ごもりした虫が春を嫌うより難しいことにございましょう」

言い終えてから、行成は自分の言葉にはっとしたようだった。照れ隠しのようにこう付け加えた。

「今上が今も思い慕っておられまする」

小姫はつぶやいた。

「どんなに貴い御方でも、人には止(や)むにやまれぬ心がございます」

行成は救われたようにうなずいた。

「私にできるのは、一の宮敦康さまをこの身の限りお支えすることにございます」

敦康親王は、今上と定子の間に生まれた第一皇子だった。にもかかわらず、後見役たる定子の兄弟の藤原伊周・隆家は父道隆没後、失脚していた。今上は一の宮を庇護するにも立場上制限があった。

現在三歳の敦康親王は頼るべきよすがを持たず、それは同じく定子を母とする姉宮・妹宮も同じだった。今や朝廷第一の実力者となった道長を憚って、宮中では大っぴらにはできなかったが、幼くして取り残された若宮たちに同情する者も多かった。

小姫は、元気づけるように声を励ました。

「なれど、一の宮さまは后腹の皇子であらせられます。時期がくれば、おのずと坊にお立ちになりましょう。そうなれば、定子さまときっとご安心なさるはずです」

坊に立つとは、立坊すなわち立太子のことであり、正式に皇太子として立つことを意味する。

今上の男宮は現在敦康ただ一人だった。皇后を母に持つ最も高貴な生まれであり、立坊して春宮（皇太子）となって、ゆくゆくは即位するのにふさわしい存在だった。

行成は少し安心したようにうなずいた。

「さようにございますな。今上もそれを希望しておられます」

奈良朝以来、后腹所生（きさいばらしょせい）の第一皇子が皇位を継がなかった先例はなかった。母后を亡くしたとはいえ、敦康の生まれは揺るぎないものだった。

「倫子さまから伺いましたが、今は、一の宮さまは彰子さまがお引き取りになっているとか？」

「仰る通り、一の宮さまがあまりに幼いと今上がご心配され、彰子さまがご養育なさっております」

道長と倫子の娘彰子は、今上の後宮で中宮（皇后と同位）として今や並ぶ者のいない勢いだった。しかし当人は十四歳と若く、母を失った幼児たちを気の毒に思ったようだった。自分から皇子の養育を今上に申し出て、同じ御殿で暮らしていた。

「お里の土御門第に下がられた際、時々私の物語を読んで下さることもありました。素直な御方ですから、お小さい宮さまのお世話も心を砕いておられるでしょう」

小姫は彰子の面差しを思い出した。倫子に草子を届ける折、よく乳母に抱かれていた。たまに訪れる小姫を賢そうな眼でじっと見つめ、小姫の語る言葉に落ち着いて耳を傾けた。

「中宮さまならばと、今上も安心して任せておいでです」

　行成も小姫に同意した。帝が心を許す彰子が、政敵の子だからといって皇子を粗末に扱う人柄ではないのが救いだった。小姫はふと不安を覚えた。

「さは言え、いずれは彰子さまも御子を儲けられるでしょう。もしも男皇子だったら……」

　彰子の産んだ皇子も后腹となり、敦康と遜色ない生まれとなる。そうなれば、皇位継承の観点から対立が生じる可能性があった。

　行成は、小姫の危惧を強く否定した。

「そうであっても、彰子さまがお産みになるのは二の宮さまにございます。一の宮さまが既においでになる以上、この長幼の序は如何にしても覆りませぬ。中宮彰子さまは、我が子だからとて、二の宮さまが一の宮さまを追い越すよう無理強いなさる方ではございませぬ」

　帝の信頼も彰子の公平な性格を見込んでのことだった。小姫は行成の返事に納得した。そしてなぜか少し安堵した。

　皇位を巡る争いの話となると、先帝花山帝のことが否応なく思い出された。

　花山帝退位劇は、朝廷を大きな混乱に陥れた。親政に挑む帝の手足となって能力を発揮した父は、突然その活躍の場を奪われた。小姫は、多感な時期にその不幸を目の当たりにしなければならなかった。

失職した父は、自宅の文机（ふづくえ）の前に何日も座り込んでいた。詩作に没頭しているかと見たら、庭に目をやったまま放心していた。

――もうあのような父君は見たくない。

運命を狂わされた人は父だけに留まらなかった。然（しか）るべき方から然るべき方へ継がれれば、御代は滞りなく続いてゆき、自分たち民が穏やかに生きていける。

「きっと行成殿の仰（おつしや）る通りでございますね」

世の末端にいる自分はそう願うしかない。

行成も、また小姫の思いを受け取ったように黙ってうなずいた。

二

小姫は、土御門第の通用門の前で行成と別れ、すぐに寝殿の奥へ通された。

女主人の倫子は小姫より五歳ほど年上だったが、小柄で肉付きの良いふっくらした面立ちは若々しく同い年といっても通じた。一ヶ月ぶりに会う倫子はどこかそわそわしていた。

「待ちかねていましたよ、小姫殿」

「遅くなりまして申し訳ありませぬ。新しい源氏の物語をお持ちいたしました」

いつもならば、そのまま女房衆とともに到来物の菓子をつまみながら、前回の物語の感想などを語るのが倣いだった。しかし、気づくと、近侍の女房衆も側におらず、どこか邸の遠くで人々が立ち働く気配がした。

「もう二、三日のうちに、彰子が宮中から里へ下がってくる予定なのです。それで支度のため邸うちが落ちつきませぬ」

「中宮さまともなられると、宮中の格式をそのままお里でも保たねばなりませぬものね。そんな折に参上して申し訳ありませぬ」

「こちらが来るようにと呼んだのです。それに、小姫殿に折り入って伝えたい良い話があるのです」

「折り入ってとは、例のお話でしょうか。こちらさまに本格的に物語の女房としてお仕えするという」

これまでは、倫子の求めに応じて物語を創作して渡し、代わりに支援を受けていたが、血縁的には遠縁にあたり、縁者とも私的女房ともつかない曖昧な立場だった。

物語の創作は他人がいない場所でじっくり取り組まなければ進まない。そのため、随分長い間、実家で書き、時折書き上げた物を持参するという形を取っていた。

しかし夫に先立たれ父為時も無官の今、土御門第から受ける支援が生活の主たる糧（かて）となった。

倫子は、そうした事情を十分理解し、小姫の創作部屋も確保することを約束して、土御門第への女房勤めを要請してきた。小姫も気心の知れた倫子の下でならば物語の女房としての仕事を果たせそうだと思い承諾するつもりだった。

「いえ、もっと良い話です」

穏やかな倫子はいつもと違い、浮ついた様子だった。

――さぞかし良い話なのだろう。

期待が小姫の中で膨らんだ。

倫子が続けて話そうとしたその時、あたふたと女童（めのわらわ）がやってきた。

「殿さまがお帰りになりました」

殿さまとは、倫子の夫で現在の土御門第の当主藤原道長だった。倫子より二歳年下の三十六歳で、兼家流藤原氏一門を束ねる立場だった。道長とはほとんど会ったことがなかった小姫は狼狽した。土御門から創作の代わりに支援を受けると言っても、これまで直接対応していたのは倫子だった。

当時の貴族女性は、近親者以外に顔や姿を見せないのがたしなみとされた。しかし、主家に出て仕えることになれば、実家にいるのと違い主家の家族や他の女房たち、また家人など、いくら気をつけても顔を見せないわけにいかなかった。

小姫も、頭では、これまでのように引きこもっていられないと分かっていた。しかし、まだ土御門の女房になると決まったわけではないし、倫子はもっと良い話があるという。そんな時の道長登場に心の準備ができていなかった。

考えたくなかったが、あの月の夜が思い出された。道長は倫子の婿というだけでなく、花山帝を退位させ、父たちを失脚させた右大臣兼家の息男だった。道長自身は当時二十歳そこそこで事件に関わっていなかったらしいが、言うなれば自分たちを不幸に追い込んだ首魁の一人だった。

——その人とどんな顔を合わせればよいというのか。

とっさに、傍らにあった几帳を形ばかり引き寄せ平伏した。

道長は勝手知ったる我が家とばかりに、ためらいもなく御簾の隙間から現れた。

辺りに唐渡り(から)の伽羅(きゃら)の香が一際(ひときわ)薫った。

香りの主は大柄で、赤みの強い二藍(ふたあい)の直衣(のうし)を着込み、口元の髭(ひげ)はよく手入れされていた。鋭く周囲を一瞥し、倫子を認めると目元を微かにほころばせた。

「お早いお帰りにござりますね」

倫子はおっとりと夫を迎えた。

「ねえ、あなた。例のお話……」

道長はさっと眼で倫子を制し、そ知らぬ風に口を開いた。

「物語のお師匠が我が家へお越しになると聞いたのでね、そなたとご一緒にお迎えせねば失礼にあたると思い、急ぎ退出してきたのですよ」

「あら、私、そのようなことをお耳にいれましたかしら」

「今や土御門の奥方が読まれる源氏の物語は、後宮の女房たちの垂涎(すいぜん)の的(まと)ですよ。中宮のもとには、よその御殿から貸し出しのご依頼が引きも切らないとか。私も彰子があまりに熱心に勧めるので、少し読ませてもらいましたよ。あれは、ほかの恋物語とは全く違う物語ですね」

小姫の背中に、予期しない賞賛が降りそそいだ。主人と顔を合わせる緊張はそのままましびれるような陶酔(とうすい)に変わった。

「あなたがあまりお褒めになりますと、ご当人がお顔を上げにくくなりますよ。ねえ、小姫殿」

倫子は、几帳からほとんどはみ出したまま平伏している小姫に目をやった。道長は大げさに驚いてみせた。

「やや、此方(こなた)におられたか。物語は世に多いが、あわれなる皇子の恋を描かせたら、御許(おもと)の右に出られる者はおるまいの」

「もったいのうございます」

直接道長から言葉をかけられて、小姫はやっとの事で返事をした。そしてひたすら畏(かしこ)まって平伏した。道長はなおも何かしら褒めそやしたが、倫子に促されて中宮の準備のため退出しようとした。

出て行きしなに、足を止め小姫の方をふり返った。

「御許は、藤原為時が娘とか」

「さようにござります」

「為時は、花山院がご在位の時の式部大丞(しきぶのたいじょう)であったな。あの者の手になる宣旨(せんじ)や書状は非の打ち所のない書きぶりだった。帝はよき側近をお持ちだと、殿上でも認められておった」

父への讃辞は不意打ちだった。小姫は弾かれたように面を上げた。その途端、自分を真っ直ぐ見おろす道長と眼が合った。

道長は眼を大きく見開き、強い輝きを放った。

「その娘ならば、あのように見事な物語をものするのもうなずける。父の官職名に因んで、召名は藤式部と名乗られるとよい」

小姫は眼が熱く潤うのを感じたが、そのまま動けなかった。憎しみとも喜びともつかぬ感情で、瞬きでもしようものなら涙がこぼれそうだった。

道長は、小姫に新しい名前を授けて去って行った。後には、伽羅の残り香が漂った。唐渡りの貴重な薫物は、重く深い薫りだった。自分の新しい名前と倫子の言ったもっと良い話との意味するところを小姫が理解するのは、もう少し後のことだった。

三

新しい名を授けられた藤式部は、倫子の下で正式な女房勤めに入った。道長からの配慮もあり、新参の女房ながら一人住みの局を与えられた。局は書庫の近くにあり、必要ならば土御門第の蔵書も手に取ることを許された。藤式部は恵まれた環境の中で、精力的に物語を執筆した。

　それは、源氏の物語と呼び慣わされた一世の源氏の物語だった。不幸で美しい貴公子の恋は女房たちの紅涙（こうるい）を誘った。

　同僚の女房たちには、昔から藤式部の見知った者が大勢おり、新作が出来るたびに先を争って読んだ。すると必ず問われることがあった。

「藤式部さま。この光君（ひかるきみ）とは、結局どなたのことを描いておられるのですか？」

「どなたと言っても……。これと言って、現実になぞらえている方はおりませぬよ。光君のような方はおられないので」

「でも、女君（おんなぎみ）はおられるでしょう？　この若紫（わかむらさき）という姫君は、畏れ多くも彰子さまのお小さい頃によく似ておられます」

「そうですね。倫子さまや皆さま方がよくお話しして下さいますので、自然と似てしまうのです」

　若紫と呼ばれる少女が北山の寺で光源氏（ひかるげんじ）と出会い、二人がともに暮らすようになる巻は特に人気が高かった。

　自然の中で闊達（かったつ）に振る舞う若紫の姿は、本当は父の下向先の地方で過ごした少女時代の自分自身だった。しかし、そのことは胸に秘め、読者の女房たちの想像するのに任せた。

「では光源氏は？　もしかしたら今上のおつもりなのですか？　ちょうどお年回りも同じほどですし」

「さすがに、それはどうでしょう。そもそも、私は今上にお目もじいたしたことはございませんし、皆さま方のお話でしか存じません。もしも似ているとしたら、皆さま方が、事細かに今上のお姿をお洩らしになっていることになりましょう。それはあまりにも畏れ多うございます」

藤式部がすまし顔で答えると、女房たちはあわてて口を慎んだ。しかし、しばらくすると再びあの巻は誰それのことだとか、誰それの逢瀬（おうせ）の話だとか、かしましくなった。

この頃、倫子は女房たちのやり取りには微笑むばかりで参加しなかった。しかし、彰子に似ていると言われる若紫の登場する巻などは熱心に読んでいた。ただ、熱心だがどこか心ここにあらずの表情が藤式部は少し気になった。

「倫子さま、最近の巻はいかがご覧になりますか？」

昔から自分の物語を読んでくれた倫子にこそ忌憚（きたん）のない意見を言ってほしかっ

た。

　倫子は安心させるように微笑んだ。

「私が以前のように感想を言わないので心配なのですね。あなたの物語は以前と変わらず、いえ以前よりも読み応えがありますよ。ただ、私の方に気がかりがあるので、つい気になってしまうのです」

「気がかりと仰せになりますと？」

「あなたの物語の中では、若紫と光源氏は仲睦（なかむつ）まじいですね。うらやましいことです」

　藤式部は気勢を削（そ）がれて言葉に詰まった。倫子は女房たちと異なり、物語は楽しむが、それを現実と混同するようなことはしなかった。ことに架空（かくう）の人物をうらやましがるなど、倫子らしくなかった。

「いかがなさったのですか？」

　倫子はため息をついて人払いをした。そして、藤式部にだけ聞こえる小声で語り出した。悩みの種はやはり彰子のことだった。

　彰子は今上の後宮で、中宮という並ぶ者なき后の位にあった。しかし、この位はいわく付きだった。

実は、殿上人にとって、今上の中宮と言えば今でも亡くなった定子を意味した。定子は中関白(なかのかんぱく)道隆の隆盛の象徴のように、後宮内で最も高いこの地位にあった。それは、実家の凋落(ちょうらく)が起こっても剝奪(はくだつ)されることのない栄華の最後の砦(とりで)だった。道隆の死後、十二歳の彰子が女御(にょうご)として入内しても変わることはなかった。

道長は彰子の入内以来、なんとか定子に代わって娘を後宮の中心に据えようと画策してきた。

平安期において、中宮とは皇后の別称であり、帝の嫡妻(ちゃくさい)たる一人の人物に与えられる、あくまで同位の称号だった。律令(りつりょう)において、后の位を持つのは先々代の帝の皇后あるいは当代の祖母である太皇太后(たいこうたいごう)、先代の帝の皇后あるいは当代の生母である皇太后(こうたいごう)、そして当代の嫡妻である皇后の三人と定員があり、三后と称された。ところが、定子が一条帝に入内した時、困った事態となった。

定子が入内した時、太皇太后は三代前の冷泉(れいぜい)帝皇后昌子(しょうし)内親王、皇太后は先々代円融帝の女御にして一条帝生母の藤原詮子がすでについていた。これは詮子が皇后や中宮を名乗れなかったことに対する円融帝の苦肉の策だった。そして皇后は、先々代円融帝皇后藤原遵子(じゅんし)のままであり、三后の位は全て埋まっていたのである。

このため、定子は帝の嫡妻として名乗る位がなかった。そこで父道隆は一計を案じた。定子に后としての位を与えるため、皇后の別称である中宮を定子となし、遵子は皇后とすることを主張したのだ。その結果、それまで皇后であり中宮だった円融帝中宮遵子は単なる皇后宮となり、定子が一条帝中宮となった経緯があった。

道長はこの先例を利用した。つまり、それまで中宮だった定子を皇后とし、新たに入内した彰子を中宮とするという提案をしたのだ。

これは、先の道隆の案とは訳が違った。道隆は、皇后を先々代円融帝嫡妻遵子とし、中宮は今上一条帝嫡妻の定子とした。皇后と中宮を異なる人が名乗っても、一人の帝に配される嫡妻は一人だった。ところが道長の提案は、一人の帝に対して、皇后定子と中宮彰子という二人の嫡妻が同時に存在するという、一帝二后の異常事態を意味した。

定子の兄弟の伊周（これちか）・隆家は当然のことながら拒絶した。朝廷貴族の中でも有職故実（ゆうそくこじつ）に通暁（つうぎょう）した重鎮小野宮実資（おののみやさねすけ）などは大いに異を唱えた。しかしながら、藤原氏の氏（うじ）の長者である道長の意は、結局のところ実現した。

専横と誹しも思いながら表立って逆らえる者はいなかった。

定子の皇后冊立（さくりつ）の日は、彰子立后の日に重なった。貴族たちの大半がそちらに参じたため、皇后冊立の儀式は大幅に刻限がずれ込んだと言われる。

そこまでして、彰子を後宮の中心に据えたにもかかわらず、今上の心は定子にあった。定子は帝寵のみを頼りに、第一皇子を含む御子三人を挙げた。第一皇子敦康親王の誕生などは彰子の入内と重なり、人々は定子の運の強さを噂した。

一方、彰子は入内当時十二歳の若さだったこともあり、三年後の今日も未だ懐妊の兆しを見なかった。今上は、彰子に対し中宮としての敬意を払い親愛の情を持って接した。しかし、心の中では定子を生前同様慕っていた。そのため、今でも殿上人にとって中宮と言えば定子を意味した。

倫子の話を聞いて、藤式部はある宮中の噂話を思い出した。残された宮たちのために、定子によく似た妹が宮中へ入ると、今上は自然とその人を愛するようになった。しかし、それもつかの間、妹は身ごもったまま急逝してしまった。嘘かまことか毒殺だという話がささやかれた。その話を思い出し、藤式部は背筋が寒くなった。

倫子は眉根を深く寄せた。

「私は彰子が心配なのです。まだまだ子供に過ぎませぬ。なのに亡き皇后定子さまの宮さまのお世話を買って出るなど、どんなに気苦労を重ねているでしょう。先だって里下がりした時も……」

倫子は言葉を飲み込んだ。

藤式部が道長に会った頃、邸は彰子の里下がりの準備の最中だった。あれは、慣れない幼児たちの世話に疲労が重なってのことだったのだ。

今上の気持ちが、定子の遺児たちに向いているのは明らかだった。

彰子は彰子なりに今上の悲しみを慰めようとしていたのだった。

「たとえ中宮となっても、陰であれこれ言う者はおります。親の私たちに入れ知恵されて、今上の気を引こうとして宮さまを手許に置いているなどと誹(そし)られているようです」

倫子はほとんど涙声だった。母親が、子をなしたこともない十五歳の少女にそんなことを命じるはずもなかった。藤式部は思わず倫子の手を取った。

「倫子さまのお気持ちは、心ある人間ならば申すまでもありませぬ。今上は、きっと分かっておいでになると思います。分かっておいでになって、お立場の難しい彰子さまに感謝しておられることでしょう」

七歳で即位した今上は、先帝と自身に関わる政変劇を全く覚えていなかった。しかし、帝として研鑽(けんさん)を積み、堂上貴族たちの意見に耳を傾けながら、慎重に穏やかに己が思う政事(まつりごと)を目指した。幼少の頃から二十代の今に至るまで、英明と讃えられる帝だった。

朝堂では強権を発動することも厭わない道長も、貴族らの支持の厚い今上に対しては一定の敬意を保った。むしろ中宮の父として、なんとか彰子へ帝寵を向けさせようと躍起になっていた。

「あの子は、父親から色々と指図されるのも嫌なのです。それが、主人は分かっていないのです」

娘と婿の仲を岳父が案じてもなるようにしかならない。そんな世の理も、道長は意のままにしたいようだった。

「今上のお渡りが通り一遍だと不満なのです。皇后定子さまが第一子をお産みになったのは二十歳をお過ぎになってからなのだから、まだ早すぎると申しても聞きません。彰子の御殿を豪壮に飾り立て、貴重な楽器や珍しい絵などを取り寄せて、なんとか今上に足を運んでいただこうと目の色を変えております」

平安朝政治が後宮政策に帰結した点を考えれば、道長の焦りは舅の先走りと一笑に付すことはできなかった。定子は亡くなったが、後宮には他の貴族の娘たちが女御として控えていた。いずれも彰子より少し年長だった。中の一人などは出産騒ぎを起こしたこともあり、道長としてはのんびり構えていられなかった。

「私も、何か今上のお気に召すようなものを彰子の下へ届けよと言われて困っております」

彰子の下へ集められたのは、奢侈品だけではなかった。

豪華に装丁した能書家の筆による古今和歌集全二十巻、貿易船が海彼から運んだ史記や白楽天詩集など大陸の書物、当代一の歌人や大臣級の貴族たちが詠んだ和歌を貼って美麗に仕立てた屏風歌など、二つとない文物も様々取りそろえられた。学問や文学を好む今上が、これら和漢の書に惹かれて彰子のもとへ通うことが期待された。

「良き書物が山のように届いても、彰子が帝より張り切って読み耽っているそうで、二人の仲を近づける役には立っていないのです。でも、あなたに選んでもらって良作だけ届けたのは、彰子は読み甲斐があって良かったようです」

「畏れ入りましてございます」

藤式部も、土御門第の書庫から宮中へ届ける蔵書の選定に関わったことが一度ならずあった。彰子は倫子に似て読書好きということだったので、少しでも若い后のためになればと心を込めて選んだ。

「わたくしから、あなたの源氏の物語も少し入れておきました。ちょうど同じ年頃の若紫が出てくる巻などは、あの子も面白く読めるだろうと思って。彰子は、夜が更けるまで一気に読み通したそうですよ」

倫子が言うのは、十歳の若紫の少女が、十八歳の源氏と出会う巻の話だった。ちょうど八歳の年齢差は、彰子と今上そのままだった。

藤式部は、自分が意識した設定が生きて気持ちが弾んだ。倫子はさらに続けた。

「よければ、またいくつか若紫の話を書いてくれませんか？　少しでもあの子の気晴らしになればと思うので。これまで以上によい道具を用意させましょう」

藤式部にとっては願ってもない申し出だった。

倫子の言葉通り、藤式部の局には極上の料紙や筆墨がふんだんに届けられ、考えられる最上の環境が整えられた。自分の物語が九重(ここのえ)の内から待たれていると思うと、藤式部の筆は冴えわたった。

やがて源氏物語が正式に後宮へ差し入れられていると知って、道長も支援に本腰を入れ始めた。

これまで以上の質と量の紙墨類を前にして、藤式部は圧倒された。雪のように真白の料紙も、向こうが透けて見えるほどうすく漉(す)かれた鳥の子紙も、かぐわしい香を放つ唐渡りの墨も望むだけ与えられた。書き上げた草稿を清書し製本する工房も別に設置された。

　金粉を蒔いた表紙が付けられ、つややかな絹糸で綴じられた冊子が一つ一つ出来上がった。道長はそれを上機嫌で眺めた。

「我が家から宮中に献じる物語草子だ。いささかの瑕瑾があってもならぬ。なんとなれば、今上がこの草子をお読みになるのだからな」

「今上が？」

　藤式部はさすがに耳を疑った。

　当時、おおやけには物語草子は女子供向けの読み物とされた。倫子や彰子が読んでいるとは知っていたが、まさか今上の目に触れているとは思いもしなかった。

「近頃、今上は、彰子の御殿の女房たちが夢中になっているのをご覧になり、興味を持たれたようだ。源氏の物語には恋愛だけでなく宮中の権謀もあり、男子が読んでも面白いからの」

　道長は、源氏物語の内容をよく覚えていた。彰子に勧められて目を通しただけでなく、自身精読して、藤式部の作品に惹かれたようだった。

　藤式部は、これまでの支援の篤さがぼんやりと腑に落ちた。

「それに……」

道長はふいに言葉を切った。一瞬、眼差しが鋭く光った。

「母に先立たれ、頼るよすがのない皇子という光源氏の出自がいたくお気に召したご様子だ」

それは、定子が今上に遺した一の宮敦康親王と重なる境遇だった。

もともと光源氏の物語は、最初は女房たちの実体験を取り入れたり、古物語や唐宋の漢籍から着想を得た恋愛譚に過ぎなかった。話の順序も、光源氏の幼少期から始めたわけではなかった。自分が思うより評判が良く、どんどん書いていった後に、主人公の生い立ちの話を倫子に要望された段階で、首巻桐壺を書いた。

失脚した一世の源氏といえば、当時の人がすぐ頭に浮かぶのは、三十五年ほど前の安和二（九六九）年に起きた安和の変だった。臣籍降下した醍醐帝皇子だった左大臣源高明が、陰謀によって失脚し追放された。

だから、定子の忘れ形見の一の宮を当てて書いたわけではなかったが、さりとて全く頭になかったかといえば、そうとも言えなかった。

「不幸な生い立ちの皇子の話は、本朝のみならず異朝にも色々とござります。非才の身としては、そうした典故に扶けられて愚作をものしております」

藤式部は、道長の不興を買ってしまったのだろうかと不安になった。

「なるほど、一の宮さまお一人を模しておるわけではないというのだな。賢い弁明だ」

道長は、なおも言葉を続けようとする藤式部を目で制した。鋭い視線は消え、機嫌の良さが口元に戻った。

「そなたを咎めているのではない。今上は、そうした誂えの人物の物語を面白く読んでおられるのだ。このままそなたの思うような筋立てで続けてゆけばよい」

上機嫌な口調に偽りはなさそうだった。

「そなたの物語のお陰で、飛香舎（別名藤壺。後宮の彰子の居殿）へのお渡りが増えた。これまでは、宮さま方のお相手をなさるとすぐ清涼殿へお帰りになったが、物語の続きを読もうと夜更けまでお出でになるようになった」

「それは、おめでとう存じまする」

「さよう、我が家にとって、まことにめでたき儀を迎えるのも間もなくだ。それまでよろしく頼むぞ」

そして、最後にこう付け加えた。

「そなたの物語は、たしかに他の物と違う。奇しき天人もおらず、龍の頸の珠も出て来ず、尾籠にも堕しておらぬ。変化の者が出て来ずとも、現実にもありそうなと思われる筋立てが興味深い。だがな……」

道長は声を一段と低めた。これは一番言いたいことを言う時の癖だった。

「ところどころ漢籍を下敷きとした箇所が見受けられるが、これはいかがなものか」

「どこか、お気に召さない節がございましたでしょうか」

「例えば、光源氏の母桐壺更衣(きりつぼのこうい)とやらの原(もと)の型は楊貴妃(ようきひ)ではないか？　桐壺帝と桐壺更衣の悲恋は、長恨歌(ちょうごんか)の玄宗(げんそう)皇帝と楊貴妃の故事に依ったのだろう」

「畏れながら、楊貴妃は元々玄宗の皇子寿王(じゅおう)の妃にございます。かの更衣とは身分が違います」

「ほう。ならば、より近いのは李夫人(りふじん)説話か？　なるほど、帝が国政を顧みない〝傾国〟を描いたというならそちらが近いかもしれぬな。にしても、唐物(からもの)の文学を粉飾したものに過ぎぬ」

道長の眼の光は凄みを帯びた。

「よいか、あれはあくまで中宮が読まれる草子だ。女子(おみなご)の読み物に、漢籍の知識など必要ないのではないか？　女子には和歌の知識のみがあればよい」

道長の言わんとすることは、当時の一般常識でもあった。

藤式部は、土御門の女房たちが仮名草子を楽しむ一方、漢籍には手も触れないことを知っていた。そもそも漢籍は男のための学問であり、自分たちには一切関わらぬ類いのことと決めてかかっていた。

「せっかく今上が足繁く通われるようになったのに、中宮が男子のような漢語趣味だと思われては興ざめされよう。くれぐれもそうしたことのなきように」

道長がいかに権謀術数に長けようとも、宮中政治は入内した娘が帝の寵愛を受け、男子を挙げられるか否かにかかっている。藤式部の書く物語はそのための武器として、道長の後宮戦略の最重要部に組み込まれていたのだ。

波斯国には、王の夜伽話を千夜集めた物語があるという。夜語りを続けた妃は、千夜のうちに懐妊したと伝わる。

藤式部は、自分の物語がそうした役割を担っていることを自覚せざるを得なかった。いやむしろ、その役割の範疇から出てはならないと釘を刺されたのだった。

久しぶりに家へ帰ったのは、言うにいわれぬ疲労がたまったからだった。

父の書斎を覗くと、まだ灯りがついていた。文机にいくつも広げられた漢籍の冊子に埋もれた父の姿が妙に懐かしかった。

「おお小姫、帰ったか。そなたの物語は評判が良いようだな。私も、知り合いから手許にあれば貸してほしいと頼まれておる」

「それは、女性の方ですか？」

　藤式部は言葉少なに尋ねた。

「いや、式部大丞時代の知り合いだ。この頃の宮中では、上つ方から下級官人までも、そなたの物語を唐宋の文学にも引けを取らぬと読むらしい。親の面目を施すことだ」

　為時は快活に語りかけた。しかし、藤式部の表情はどこか沈んだままだった。娘の表情に気づくと、為時は真顔になり向き直った。

「何かあちらで嫌なことでもあったか？」

「私の書く物語は女子(おみなご)向けだそうです。だから、和歌ならばともかく学問臭い漢籍の面影のあるものは控えよと、殿さまから注意されました。そんなつもりはなかったのですが、難しいものですね」

　努めて明るい調子で答えたつもりだったが、次第に言葉が沈むのが自分でも分かった。

「そなたは、あまり和歌が得手(えて)ではないからな。気にせず、自分の好きなように書けばよい」

為時の返事は拍子抜けするようにあっさりしていた。それがかえって藤式部の気持ちを楽にした。

考えてみれば、学者の父は、藤式部が幼い頃から漢籍に触れることを止めなかった。弟が漢詩の手習いをする傍らで、自分の方が先に自然と覚えてしまうのを口では嘆きながら、どこか嬉しげだった。

「父君は、女子が漢籍に触れることを構わないとお考えなのですか？　世間では漢籍は男子の学問で、女子は仮名を読めればそれで良いと言われておりますのに」

「そのようなことを誰が決めたのだ？　漢籍も仮名も文の学、文の芸だ。役所で使うのは確かに漢籍だが、文の芸はそれだけに収まるものではない。ことにそなたの書くような物語は、男だから優れている、女だから劣っているとふるいになどかけられまい。男より優れた女の歌詠みはいくらでもいる。物語の書き手も同様であろう」

為時は当代の漢学者の一人に必ず数えられる知識人だった。その父は、文の芸の前では、男女の別より個々人の感性が重要だと思っているようだった。

「殿さまは、そなたの物語を娘御（むすめご）のお使い物だと考えておられるから、そんなことを仰せなのだろう」

たしかに、そういった側面はあった。しかし、そのような心づもりでは、通り一遍の話しか創れないと藤式部は思っていた。

恋愛の作法や和歌の知識を物語に仕込んで学んでもらうことはできる。それを目当てに物語を読む人々がいることも知っている。ただ、自分の書く物語はそれだけで終わってしまっていいのだろうか。

「物語を書きながら、漢籍の文学を念頭に置いたり、また知らずに似てしまったこともありました。ただ、思うのは、そこにある人の情や趣に惹かれて、それがつい出てしまったのです」

道長が言うように知識をひけらかそうというのではなかった。

「漢籍に限らず、古くから長く伝えられてきた物語には、時代や国は違っても、人の心を捉えて離さない何かがあるのだよ。人の心の何かがな」

為時はゆったりとうなずいた。

「大事なのは人の心なのだから、漢語をそのまま書いたりせず、大和言葉にひらいて書けばよい。和語を使ったとて、古人の心情に倣(なら)ってそれを伝えることの価値が下がるわけではない」

父の言葉に、藤式部は不思議と心が落ち着いた。

古今の豊饒（ほうじょう）な文学世界を知る為時は、そこに共通して描かれる人の心を感じ取っていた。大切なのはそれを読み手に伝えることだと、藤式部は理解した。

「学問が男だけのものだというのは陋劣（ろうれつ）なる考えだ。女子（おみなご）でも文の才（ざえ）が身を助けることもあるだろう」

宮中政治に翻弄（ほんろう）されながらも学問で生きてきた父の言葉は、藤式部を勇気づけた。

土御門第に戻った後、藤式部は迷いを吹っ切ったように源氏物語の執筆を再開した。

宮中から、今上の言葉が洩れ伝わったのはこのすぐ後だった。

「この作者は漢学の才に優れておることだ。これなれば、絶えておる日本紀読みの講義をお任せしたいものだな」

こう言って、今上は、彰子と源氏物語についてなお熱心に語り合ったという。

このことがあってから、道長はもう何も言わなくなった。藤式部も、ますます本格的に物語を展開させていった。

そして、女房勤めを始めて一年ほど経った秋の終わり、再び倫子の前に呼ばれた。そこには道長も同席していた。道長はおもむろに咳払いをした。

「そなたの源氏物語は順調のようだな。中宮のみならず、今上も新しい巻が出来るのを心待ちにしておられるという話だ」

「もったいないことでございます」

「はかなき絵語りや草子はこれまであまたあれど、この源氏物語は格別だ。このままでいけば、伊勢物語と並び称される物語となるだろう。それが、我が家から出たとなると、なんと誉れ高きことではないか」

道長はお世辞を言っているわけではなさそうだったが、藤式部はひたすら平伏するほかなかった。そして、大げさな褒め言葉の後に、もう一度咳払いをした。

「ついては、これまでの任を労いたいところだが……」

藤式部はとっさに息を殺した。源氏の物語は光源氏が大きな苦難を乗り越えた須磨・明石の巻辺りだった。よい一区切りとして任を解かれても不思議ではない潮時だった。

――私は、物語の女房を辞めなければならないのだろうか。

思わず頭が真っ白になりかけた。しかし、そう思うと同時に、別の思いが頭をもたげた。

られる。

——物語は、どこででも書ける。

もとはと言えば、少女の頃、誰に言われるでもなく書き始めたのが始まりだった。今のような贅沢な紙墨類がなくても、書こうと思いさえすればどこででも続けられる。

なれど、と別の思いがわき上がった。

これまでのような、物語を書くことそのものが実家の援助に繋がることはなくなる。老いた父も学生の弟もいまだ無官のままであり、どうやって家を支えていけばいいのだろう。

物語の続きを書きたいなどわがままは到底言えない。けれど、土御門以外で、自分を物語の女房として雇ってくれる仕え先があるだろうか。

平伏したままの藤式部の脳裏に、様々な思いが渦のように巻き起こった。しかし、惑乱した耳に滑り込んだのは、予想外の道長の申し出だった。

「この度、そなたを飛香舎の女房として、中宮に奉ることになった」

藤式部は、にわかに何のことを言われているのか合点がいかなかった。

「飛香舎に奉ると仰いますと……?」

「中宮がそなたを物語の女房として、正式にお側に召したいと仰せなのだ」

傍らから倫子が声を弾ませてささやきかけた。

「ご出世ですよ、藤式部。何よりではありませぬか」

「女房として出仕する女子はめずらしくないが、文の才を以て宮中に上がるとは前代未聞なり。まこと、後の世の例にもなりぬべきことだ」

平安のこの時期までに、女房たちの手による作品群は蜻蛉日記や枕草子など既にあった。しかしそれらは、蜻蛉日記しかり枕草子しかり、貴顕の側室であったり近侍した女性が成り行きの中で筆を執った結果の産物であることが多かった。

藤式部のように、初めからお抱えの物語作者として後宮に招聘されるというのはそれまで前例がなかった。

倫子はわがことのように目を細めた。

「たしかに歌詠みの女房ならば聞いたことがありますが、物語の才で出仕とは初めてではありませぬか。本当はもっと早くと思ったのですが、殿があなたの才を見極めたいと仰ったので、今頃になってしまいました」

「私は、才を認めていなかったわけではないぞ。念には念をというわけだ。その証拠に、最初に会ったとき、宮中でも通用する召名を授けたではないか。のう、藤式部」

一年前に道長につけられた召名で呼ばれて、藤式部は、ようやく事態が飲み込めた。あの時、倫子のいった「もっと良い話」というのはこのことだったのだ。とたんに、目の眩むような誇らしさがこみ上げてきた。

自分の書いた源氏の物語が世に認められたのだ。それは、自分のなした子が認められたのと同じことだった。こんな幸せな感情があふれ出したのは、はじめてだった。

文の才に男も女もない――。

そう語った父の顔が浮かんだ。父の言葉に励まされ、作風を変えなかったからこその宮中からの招聘だった。藤式部はかすれた声で答えた。

「身に余る光栄に存じまする。すぐに帰りて、里の父に話してやりとうござります」

道長は、そんな藤式部を見て口元に笑みを浮かべた。しかし、その眼は笑っていなかった。

「喜ぶのは結構だが、先に話したごとく、そなたの物語には宮中での役目がある。それを忘れてはいまいな」

今上の目を彰子に向けさせるための小道具。それが、彰子御殿における源氏の物語の役目だと道長は言った。物語の内容がどんなに優れていても、今上が彰子と親しまなければ、道長にとっては無用の長物だった。

「中宮のおん肩には、我らが一門の命運がかかっておる。むろん奢侈な品々ならば、これからも惜しみなく揃えるつもりだ。後宮では、他の女御の実家も競って、それぞれの御殿に金銀真砂で彩られた世の財宝を用意していよう。なれど、財宝など一時は物珍しゅうても目が慣れればどうということはない。所詮、物は物に過ぎぬ。そなたの物語はそこが違う。そなたが生み出すのは、今上の心に何かはたらきかける、他のどこにもない宝なのだ」

藤式部を見据える眼は、禍々しい夜の月光のように輝いた。道長は道長で、源氏物語の価値を見抜いていた。

「そなたの創り出す物語は、まだ誰も読んだことのない物語だ。その物語を御殿に擁することは、中宮にとって何よりの力添えとなるはずだ。宮中にて、中宮は、誰も味方がおられぬのだ」

道長は急に声をくぐもらせ、眼に涙を浮かべた。

道長は権謀術数に長けていたが、裏を返せば道長を憚る者はいても腹心の家臣はいなかった。彰子を支える側近の女房となるべき腹心の家臣の娘もいなかったのである。

「どんなに案じていても、父親の私がお付き添いすることはできぬ。私に代わって、中宮のお役に立ってくれ」

道長の言葉は一人の父親としての心情だった。いいかえれば藤式部が初めて聞いた親らしい道長の思いだった。

――この方も、子を思う親なのだ。

親だからこそ、子のために警戒し強く出ることもある。これぞと思うものを子の側に配し守ってやりたくなる。

藤式部は、道長に対してつけていた具足（ぐそく）が一つほどけたような感覚を覚えた。

「及ばずながら、精一杯つとめまする」

自分の物語が、誰かの役に立つ。それが自分の才なのだと、藤式部は初めて心ふるえる思いを抱（いだ）いた。

第三章

一

藤式部の後宮での役割は、物語を創作することはむろんのこと、彰子の教養を高めるための指南役でもあった。これは、特に倫子から求められたものだった。道長は気の進まぬ様子だったが、中宮は帝の正妃として一段高い教養が求められると倫子が強く希望し、それに押し切られた形だった。

中宮彰子の住まいは、後宮でも最も勢力ある家柄の妃が入る藤壺だった。

藤式部は師走も押し詰まった夜、初めて藤壺に参内した。そこは、寒さも忘れるほどあまた掲げられた常夜灯で昼のように明るい世界だった。壮麗な御殿は燦然と輝き、諸国から選び抜かれた調度に飾られ、選りすぐりの女房たちがかしずく御簾の奥に、彰子が座していた。

しかし、藤式部が直接対面した彰子本人は、深窓で育った姫君特有の率直さと純真さを宿していた。

「あなたが藤式部の君ですね。面を上げて下さい。これからよろしく頼みます」

やや小さい、けれど通る声がかけられたかと思うと、音もなく御簾が上がった。

藤式部がおそるおそる面を上げると、小柄な体が唐渡りの染料で染められたとおぼしい蘇芳襲に包まれていた。藤式部は、こんなにあざやかな色味の蘇芳を見たことはなかった。

つややかな黒髪にふちどられた彰子のしろい面輪が、素直な好奇心を浮かべてまっすぐこちらを向いていた。

薄紅色の頬はふっくらと丸く、恥ずかしそうに笑む双の瞳は春の夕暮れの三日月のように匂わしかった。

「須磨巻で光源氏を海龍王の使いが迎えにくる場面は、恐ろしかったけれど面白うもありました。女房たちは、清涼殿の丑寅の隅の荒海の障子に描かれた魔物の絵のようだと騒いでおりましたが、あなたはあの絵を見たことがあるのですか？」

彰子は、初めて会ったぎこちなさをすぐに忘れ、さっそく物語の感想を語り始めた。源氏物語の須磨・明石の巻は、最近後宮に献上したばかりで、まだ他の誰も目にしていない巻だった。

「光源氏が須磨に流されなさったその最中、藤壺の宮はどんなお気持ちだったのでしょうね。不義の若宮を抱えて、ある意味、紫の上よりお苦しいご心境でしたでしょう」

「明石の入道はさる大臣の子ということですが、この大臣が桐壺更衣の血筋に繋がるのならば、入道と更衣はいとこというつもりで書いたのですか」

彰子の質問は、的確で鋭かった。

倫子に似て物語を好むが、丹念に文章を読み取るのは父道長譲りだった。生まれながら贅沢に囲まれて育ったが、それに耽溺することなく、かえって物事の真贋を直感的に感じる感性を持っているように見えた。

――この方は、頼もしい。

藤式部は、彰子の中に豊かな情感とそれと同じほどの冷静に物事を見る目を感じ取った。佳人の薄命さと悲劇性の点で亡き定子皇后より分が悪かったが、ゆくゆくは後宮の長として帝を支え、臣下を従える風格の片鱗があった。

――古の御代、大王と大后は単に夫婦というだけでなく、対等な立場で世をともにお治めになったと聞く。この方は、大后となる徳性をお持ちだ。

この時、藤式部は、彰子の天性の素質を大事に伸ばすべきだと感じ取った。その時点から、藤式部は源氏物語の創作とは別に、彰子のお后教育——后としての教養教育の中身を真剣に吟味（ぎんみ）し始めた。

后としての教養は、ひとえに、従来通りの女人のための和歌管弦書道などの諸芸に留まらなかった。それらは、身分の高い貴族女性として必須だったが、后の中の后となるためには何かが足りなかった。

藤式部は熟考に熟考を重ねた。そして、教材として選んだのは、唐土（もろこし）の文学である白楽天（はくらくてん）の白氏文集（はくしぶんしゅう）だった。

白氏文集は、平安貴族の中で男女問わず読める数少ない漢詩文だった。これまでにも清少納言（せいしょうなごん）などは、枕草子の中で白氏文集の詩句をあれこれとちりばめ、自家薬籠中のものとした。

しかし、藤式部はとくに新楽府（しんがふ）と呼ばれる詩歌を選んだ。これには理由があった。新楽府は、白氏文集の中でも民情を謳（うた）った諷諭詩（ふうゆし）だった。

藤式部は、彰子に庶民の苦しみを教えた。そのことに思いを馳せることで広い視野を持たせようと考えた。

「なにゆえ白楽天は、天下の政事（まつりごと）を糺（ただ）すために、このような喩（たと）え詩（うた）を作ったのでしよう」

「中宮さま、唐土に鼓腹撃壌というお話がございます」

鼓腹撃壌は、中国古代の聖帝堯の時代に、市井の老人が太平の御代を喜んだ故事だった。

「老人は、堯帝を崇め奉ったりいたしませんでした。自分が満腹なのは帝に関わりのあるところではないと満足し、善政であることにさえ気づかなかったのです」

「なれば、堯帝はお怒りになったでしょう」

「いいえ、堯帝はそれを聞いてお喜びになりました。自分たちの存在すら気づかず、民が日々の安逸の中にいる、これこそが自分の望む世の姿だと。よき帝とは、かくあるものではないでしょうか」

藤式部は、理想の帝の像を彰子に伝えたいと思った。いつか彰子が育てる帝が比類ない御代を築くための一助となりたかった。彰子は、じっと耳を傾けていた。

「庶民の世情ということでは、こういう和歌もございます」

藤式部は万葉集の和歌を詠じた。

銀も金も玉も何せむに

まされる宝子にしかめやも

作者山上憶良は、筑前守などを勤めた官人だったが、弱者への眼差しや子を思う親の気持ちを忘れず歌に込めた。

三百年ほど前の和歌であっても、心にしみ入る歌だった。大御心というのは、こういうものかもしれぬと思えた。

その歌を聞いた彰子がふいに口を開いた。

「子故の闇ということに似ていますね」

藤式部は一瞬、意表を突かれた。彰子はゆっくりと誦じてみせた。

人の親の心は闇にあらねども
　子を思ふ道に惑ひぬるかな

それは、藤式部の曾祖父兼輔の和歌だった。五十年ほど前の『後撰和歌集』に入集した和歌だが、我が子への愛ゆえに、親は分別を失うという「子故の闇」として広く人口に膾炙した。

「畏れ入りましてござります。この歌は、元は曾祖父が、別の方の歌を改変して詠んだものだそうでござります」

「別の方の歌とは？」

今度は藤式部が誦じた。

人を思ふ心は雁にあらねども
雲居にのみもなきわたるかな

「こちらは、清原深養父という方の歌にござります。先にこの歌が詠まれ、それを曾祖父が改変したのだとか」

「清原の……、有名な歌詠みではないですか。枕草子の清少納言の祖父だという」

「さようにござります。深養父殿は、自身が恋歌として詠んだ歌より深みがあると賞賛し、互いに宴で詠じ合ったと聞き及んでおります」

「あなたの祖父殿たちは、粋なお付き合いだったのですね。互いの良いところを認め合って」

「畏れ入りましてござります。深養父殿も曾祖父も、親子の情というものを尊く思う気持ちがあったのでございましょう」

「親子の情……、父君もこのように思っておられるのかしら」

「それは、然もあろうかと存じまする」

「では、わたくしも、いつか母となってそれが分かる時がくるのでしょうか」

彰子は藤式部にというより、自身に問うようにつぶやいた。藤式部は安心させるようにうなずいた。

親子の情は、藤式部にとって自明のことだった。父は自分たちを支えてくれ、自分たちが頑張れば父が喜んでくれる。

「親が子を思う気持ちは、子が親を思う気持ちと同じでございましょう。中宮さまにおかれては、そうした気持ちで民を慈しまれることが肝要と存じます」

子を愛する気持ち、親を思う心のようなもの、そう思えば、民への仁愛の情が理解できる。今の藤式部の中は、いかに彰子を后として成長させるかという考えが占めていた。源氏物語も、自然にそうした観点が反映されるのに時間はかからなかった。

二

一年近くたった後の十一月半ば過ぎ、道長は宇治川のほとりの別業で恒例の遊覧を催した。

この別業は、後年、嫡男頼通が壮麗な寺院として建立した平等院鳳凰堂の元になった建物だった。

道長はこの邸を伝来のものとして引き継いだ後、様々な改築を加えては公卿たちを都から引き連れて遊んだ。一見ただの行楽に見えたが、その実、敵味方をあぶり出す巧妙な作戦だった。

現在、道長と主に反目するのは、春宮居貞親王（後の三条帝）だった。父は三代前の冷泉帝であり、父円融帝から位を継いだ今上とは皇統が分かれた親王だった。道長の父兼家の時代に既に春宮となっていたため、立太子は道長の関知するところではなかった。

春宮には道長の異母妹が入内したが、夫婦仲は疎遠で皇子女が生まれることはなかった。その一方、道長派以外の有力貴族の娘が妃となって既に複数の皇子を含む子供をなしていた。

　次なる春宮がね、すなわち皇太子候補は、通常ならば今上一の宮敦康親王だが、後見が弱く、居貞春宮の皇子がなる可能性もあって、依然不透明な段階だった。道長にとっても、彰子に親王が誕生しない限り、亡き定子の子敦康親王を推すしかなく、権力の基盤はいつでもひっくり返る危険性をはらんでいた。

　堂上貴族は、道長派・反道長派・中立派に分かれ、微妙な均衡を保っていた。それぞれの思惑が交錯する中、道長はしばしば行楽や宴会を、あえて宮中の儀式の日に催しては、自分への忠誠心を試していた。

　この時の遊覧もそれの一環だった。宇治川を一望できる長廊下を改築したことを口実に宴を張った。この日は、反目派の担当する宮中行事の日だった。

　当日は宇治に貴顕が集結することになったので、土御門第の女房だけでは手が足りなかった。ことに倫子は四女（道長にとっては六女）を出産し、その世話で遠出ができなかった。藤式部は倫子に頼まれて、特別に手伝いに参加した。もともとは日帰りの予定だったので、藤式部もよい気晴らしのつもりだった。

　しかし午後から雲行きが怪しくなった。季節外れの野分が吹き荒れ、一行は全員別業に足止めになった。激しく川波の立つ宇治川を尻目に、やむを得ず一泊することになった一同は、腰を据えて飲み始めた。

新築の長廊下に隣接する大広間で宴の座が設けられた。客たちは初めは皆、宇治川の眺めを肴（さかな）に、殿上の間にいる時のように取り澄まして管弦などを手にした。やがて、杯が進むにつれ、よそ行きの顔が剝（は）がれ落ちる者が続出した。

慎みもなく笑い、大声でしゃべり散らし、果ては給仕やもてなしのために配された女房たちにまで絡む始末だった。

藤式部は辟易（へきえき）しながらも、そのような公達（きんだち）の振る舞いにも宮中勤めでだいぶ慣れ、平静を保ちつつ対応に当たった。

教養人として名高い藤原公任（きんとう）卿は酔眼（すいがん）を隠しもせず周囲を睥睨（へいげい）し、藤式部に気づいて声を張り上げた。

「やや、この辺（わた）りに若紫（わかむらさき）や侍（さぶ）ろう」

公任は、当代の四納言（しなごん）として才人ぶりが讃えられた存在だったが、この頃は猟官のための道長への迎合が目立った。そんな自分への忸怩（じくじ）たる思いが、こういう折に顔を出すらしかった。

藤式部は軽く受け流した。

「ここには、光源氏に比すべき人もおられぬに、かの上（うえ）がなぜにおられましょうか」

　遠くから行成（ゆきなり）が、公任を苦虫をかみつぶした表情で睨みつけた。行成も四納言の一人ではあったが、格上の公任にもの申すことはできないでいた。

「それくらいにせよ」

　いつの間にか公任の隣に道長が座った。酔った赤ら顔は上機嫌だったが、眼に力を込めてぐっと公任を見据えた。何か抗弁しようとした公任は、その迫力に黙り込んだ。

　道長は上機嫌を崩さずに手ずから銚子（ちょうし）を取り、公任の盃（さかずき）になみなみと注いだ。

「時に、以前貴殿が編まれた和歌の私撰集があったな」

「拾遺抄（しゅういしょう）のことか」

「さよう、それだ。あれが先頃、勅撰（ちょくせん）の拾遺和歌集として生まれ変わったの。拾遺和歌集は、貴殿の拾遺抄と比べれば、歌数も増え出入りもかなりあるそうだが、そなたの考えなのか？」

　和歌の造詣（ぞうけい）の深さに自信のある公任は、とたんに目の色を変えた。

「それよ、私の意見は別にあったのだが、和歌所（わかどころ）を置いてくれとの願いも叶わず。まず聞いてくれ」

藤式部はそれを機に席を立った。そして、酔漢たちから外れ隅に移ると、めずらしく品の良さを保っている賓客に気づいた。かつて父為時が交友した文才の皇子具平親王だった。ひっそりと座ったその人は、当時としては初老にさしかかっていた。

「畏れ多くも親王さまのような方がこんな場においでになるとは……。ご退屈ではありませぬか？」

「この四月に二品に叙せられての。推してくれたのは道長なので、その付き合いだ」

若かりし頃女房たちが噂した眉目秀麗さは面影があったが、盛りを過ぎた観は否めなかった。諸芸・詩歌の誉れが謳われたことを忘れたように、今は特に詩文を誦じることもなく、しずかに杯を傾けていた。

藤式部は微笑んで一献勧めた。具平親王は素直にそれを受けた。

ここにいるのは、父の為時同様に権力争いに巻き込まれ、敗れ去った人だった。いにしえの奈良朝と異なり、そういう立場の人間でも、時の趨勢とともに旧敵の宴に同席することが許された。

——まこと、平安の時代。

敗者であっても生きてゆける。物怪（もののけ）や心の鬼に苦しめられる世の中であっても、一方でそう思えることは尊かった。

「風が収まったようだの」

親王は、細く開けられた半蔀（はじとみ）の隙間を見上げた。野分めいた大風（おおかぜ）は収まり、澄んだ夜空にかかる半月が見えた。

藤式部はかすかにうなずき、親王にもう一献勧めるため、まだ温かい銚子を取り上げた。

乱（ろう）がわしかった宴もいつしか果て、酔客たちはそれぞれの寝所に引き上げた。寝所で呑み騒ぐ者もあったが、やがてそれも寝入ったようだった。

人々が去った長廊下は静まりかえり、磨きあげられた床板の上に月光が落ちていた。藤式部は誰もいなくなった廊の端で、ほっと息をついた。

おだやかになった川の音が、ゆるやかな風とともにすべり込んだ。廊のところどころに青磁（せいじ）や白瑠璃（はくるり）の杯が落ちていた。女嬬（にょじゅ）が下げ忘れた酒杯だった。それらが淡い月明かりを受けて、光る小石のような艶を放った。野分の去った夜空に薄雲のかかった月が見え、不思議と春の宵（よい）を思わせた。

藤式部が歩み出そうとした足下に、かさりと何かが触れた。それは誰かが忘れた扇だった。やや大ぶりで男持ちだと知れた。

広げてみると、扇の骨に黒漆が照り返すほどに塗られ、地紋を浮かせた黄色の唐紙が貼られていた。表には真字（まな）で白氏文集が、裏には草仮名で何か書かれていた。

藤式部はじっと目を凝らし、くすりと笑みを洩らした。そして、ゆっくりと歩みながら、ゆるやかに誦（ずん）じた。

「照りもせず曇りもはてぬ……」

大江千里（おおえのちさと）の古歌を口ずさみながら、手にした扇を月にかざすと、黄色の地に蒔（ま）いてある金粉がまばゆくきらめいた。裏を返すと微かに薫物（たきもの）の移り香が香った。誰か知った人の薫りのような気がして、もどかしくもなまめかしい趣を感じた。

藤式部は、御前で舞う舞姫のように扇を数度返しながら、月明かりの中、青磁や白瑠璃の輝きが嵌（は）め込まれた廊を歩んだ。

子供じみた振る舞いがなぜか心地良かった。春の夜ならば、今宵のように朧月（おぼろづき）がふさわしい。そして、このような折ならば男女にもののまぎれが起こっても不思議ではない。

藤式部は、自分が書いた源氏物語花宴巻（はなのえんのまき）の一節を思い出した。朧月夜尚侍（おぼろづきよのないしのかみ）が光源氏と初めて逢ったのは、きっとこんな夜だっただろう。

するど、ミシッと長廊下の先で音が聞こえた気がした。廊の向こうに続く暗闇に誰かがいる気配がした。

酔った気分は吹き飛んだ。なぜか藤式部の脳裏に、いつか彰子から言われた清涼殿の丑寅の隅の魔物の絵が浮かんだ。荒海の障子と呼ばれる魔除けの障子で、恐ろしい生き物の手長足長が描かれていた。

こんな都離れた場所で、心安く酔い乱れていては、どんな物怪が忍びよっているか分からなかった。

扇を手にしたまま、藤式部は青ざめた。誰もいないはずの廊の先の暗黒を息を殺して見つめた。闇からぬっと二つの眼(まなこ)が浮かび出たのはその時だった。

藤式部は危うく悲鳴を上げそうになった。そこにいたのは道長だった。すこし鬢(びん)が乱れ、衣の衿(えり)が緩んだ無防備な姿をしていた。姿だけでなく、無遠慮な視線を藤式部に注いだ。

藤式部は我に返った。あらわな月の光の下、とっさに手にした扇で顔を隠した。

「そなたでも、興が乗るとそんなことをするのだな」

「殿さま、起きておいでしたか。お声をかけて下さればよいものを、お人が悪うございます」

「扇を忘れて取りに戻ったが、思いがけず朧月夜尚侍(おぼろづきよのないしのかみ)のお出ましに遭遇したところだ」

道長はそう言って、扇を持った藤式部の指にいきなり自分の手を重ねた。初めて触れたその掌(てのひら)は思いのほか熱かった。

「お戯(たわむ)れを」

藤式部はさりげなく手を放そうとしたが、道長はより固く握りしめた。

「この扇は気に入っておるのだ。そなたは何が書かれているか読んだか？　裏も表も」

握った手を放さないまま、道長は扇面に目を落とした。金粉が鈍く照り返し、二人の顔に妖(あや)しく映じた。

藤式部は黙ったまま道長の問いにうなずいた。

裏面に書き付けてあった草仮名は、源氏物語花宴巻に引用した大江千里の歌句だった。

照りもせず曇りもはてぬ春の夜の

朧月夜にしくものぞなき

表面の真字はその和歌の元となった白氏文集の一節だった。

「あの巻は、男が読んでも心憎いばかりの出来映えだ。現実には、政敵の娘との恋など望むべくもない。なれど、人はそんな難(かた)き恋にこそ心奪われるのだろうな」

道長は手にますます力を込めた。ささやく声が次第に耳に近くなった。

「お放し下さい」

「具平親王とは、ずいぶん親しげだったな」

藤式部は何のことか分からず困惑した。道長は構わず続けた。

「娘時代、勧学会(かんがくえ)とやらで父親が親しくしておったであろう。そなたも付き合いがあったのではないか。まさか恋仲だったのではあるまいな。光源氏の手本はあの親王だと、もっぱら噂があったぞ」

ようやく藤式部は見当がついた。なぜだか分からぬが、道長は自分と具平親王の仲を疑っているのだ。

「何を怪しんでおられるか知りませぬが、わたくしと親王さまはそんな仲ではございませぬ」

言いながら、身をよじって離れようとした。しかし、大柄な道長は逆に片腕を藤式部の背に回し抱きすくめた。

「殿さま、お戯れはおよし下さい。倫子さまに知れたら何と思われるか」

「そなたと私が二人だけの秘密にしておけばよい」

道長のささやきは、邪なものが誘いかけるように、妖しく禍々しかった。藤式部は身震いするように頭を振った。

「そんな秘密を抱えたくありませぬ。なぜ、こんなことをなさるのです？　あなたさまらしくありませぬ」

手から扇が払いのけられた。気づくと、藤式部は道長の両腕にからめ取られていた。

「私らしいとは、何だ」

道長は顔を大きく歪めた。それはまるで子供が泣いているような顔だった。道長が初めて見せた表情だった。

「そなたの源氏の物語のお陰もあって、今上は足繁く藤壺にお通いだ。しかし、今上と彰子の間に未だ皇子はできておらぬ」

「彰子さまは、今上の寵愛をお受けなのですから、そのうちに」

「だまれ、帝の寵愛を受け一の宮を挙げても、後ろ盾が失脚し、失意のため早世された定子さまの例もある。たとえ今上との間に子をなしたとて、安心はできぬ」

道長は、おのが苦悩を口走っていた。

「そなたの父為時も巻き込まれた、花山帝事件の事を知っておろう。あのようなことがいつ今上に起こるやも知れぬ。どんなに心配しようとも、どんなに手を尽くそうとも、宮中での中宮さまの支えは弱いままなのだ。私とていつ失脚するか知れぬ。どんなに権力を得ようとも、我ら殿上人は、宮中の海を漂う小舟のようなものなのだ」

道長は一気に吐露した。権謀術数を駆使してのし上がって来た者故に抱える心の闇だった。

藤式部はたじろいだ。自分の言葉が開けたのは、道長が重く閉ざしていた心の蓋だった。

――この方も弱いところを持った人だったのだ。

そう思うと思わず右手を伸ばし、道長の歪んだ頬に触れた。

道長は突然その手を強く引き寄せた。覚えのある伽羅の香がむせかえるように藤式部を包んだ。扇の薫りはこれだったのだと気がついた。

男の肩越しに傾きかけた月の片鱗が見えた。藤式部はすがるように月を見上げた。これでよいのかと月に尋ねた。

しかし、ふいに暁方の風が吹いてきた。風は叢雲を吹き寄せ、いつかの夜のように見る間に月の面を隠してしまった。

三

年明け早々、藤壺御殿は慶びに沸いた。藤式部の源氏物語が奏功したのか、入内十年目にして彰子が懐妊したのだった。

しかし、その慶賀の中に藤式部はいなかった。

年の暮れから体調を崩すことが多くなり、年が明けても良くなる兆しはなく、むしろ床に伏せる日が多かった。そこで思い切って里下がりをして回復に努めることにした。

里の堤邸は古いが広い。宮中から戻った藤式部のために、父為時は別棟の離れに部屋を調えてくれた。乳母のほか誰もおらずひっそりとしていたが、かえってその方が気ままに休めてよかった。

——それにしても、おかしい。

こんな体調の悪さは初めてだった。何を食べても味がなく、胸がつかえるような吐き気が始終した。熱はないが、いつもとろとろと眠かった。

最初に気づいたのは乳母だった。周囲を憚りながら、褥(しとね)にいる藤式部の傍らにそろそろと屈み込んだ。意を決したように耳元でささやきかける。

「小姫(こひめ)さま、もしや、おめでたではありませぬか」

幼名で呼ばれた懐かしさよりも、後の言葉の方にぎょっとさせられた。まさか、そんなことがこの身に起きるとは思わなかった。

藤式部はとっさに否定した。

「そんなはずはありませぬ。前は、こんな風ではありませんでした」

前の妊娠の時は食欲も衰えずいたって元気で、世に言うつわりはなかった。

自分の子も他人の子も何人も育てたことのある乳母は、自信たっぷりに答えた。

「身ごもった時は、その時その時で様子が異なるものでござります。上の子の時は何でもなくても、下の子の時はつわりが酷いなどよくあることです」

藤式部は言葉を失った。身に覚えは確かにあった。しかし、あんなもののまぎれの出来事が実を結ぶとは思いがけなかった。

藤式部は腹の上に両手をそっと置いた。まだ何の変化もなく平らかだったが、乳母のいうことに間違いはなかった。

——どうすればよいのだろう。

腹に手を置いたまま目を閉じた。

道長の顔が浮かんで消えた。ついで倫子や彰子の顔も出てきた。遅れて、心配そうな為時が浮かんだ。

様々なことを考え合わせれば、これはなかったことにしなければならなかった。

——なかったこと。

そう思った時、藤式部の脳裏にずっと忘れていた面影が蘇った。正しくは忘れていたわけではなく、辛すぎて記憶の底に押し込めた面影だった。それは、死んで生まれた我が子だった。

たった一度だけ乳母が抱かせてくれた我が子は、眠っているように見える骸だった。生きていればもう振り分け髪となる年頃だった。

思わず嗚咽がこみ上げた。

もう二度とあんな思いはしたくない。もう何も失いたくなかった。

藤式部は覚悟を決めた。

道長がなんと言おうと、一人ででも産み育てようという意志が強く固まった。閉じたまぶたから涙が流れないよう、唇を強く引き結んだ。

乳母はただ黙って藤式部の様子を見つめていた。そして、すっと枕頭(ちんとう)を離れた。何も言わなくても、長年育て仕えた主人のことはよく分かっているようだった。藤式部の気持ちを見極めると、さっそく相応の準備に取りかかった。

結局、暖かくなる頃には、藤式部は病と称し、本格的に里下がりに入った。藤式部より少し遅れて出産する予定の彰子も体調が優れず、藤式部による進講は事実上中止となった。

出産は宮中では行えないので、彰子は早めに後宮を退出して実家の土御門第に入った。倫子が付ききりで看病しているため身の回りの心配はなかった。

土御門第と堤邸は近所ということもあり、彰子から藤式部のもとへしばしば見舞いが届いた。藤式部は尚更(なおさら)用心を重ねて離れに籠もり、使いに姿を見せることはしなかった。

夏の終わりが藤式部の出産予定だった。この夏さえ乗り切れば後は生まれてくるのを待つだけだった。藤式部は、祈るような気持ちでこの時期が通り過ぎるのを待った。

結局あの宇治遊覧以来、道長と二人きりになることはなかった。ことに、藤式部が里へ下がってからは、全く音沙汰がなかった。

けれど、これは当然と言えば当然だった。藤式部の立場は中宮付きの女房なので、連絡は彰子か倫子の方から来るのが自然だった。

突然道長が姿を見せたのは、蒸し暑い夏の初めの夜だった。道長は黒い布で顔を覆い、夜陰に紛れて一人の供を連れただけの微行（おしのび）だった。どうやって入ったのか、気づいた時、直接声が聞こえるほど近くの庭先に立っていた。

乳母は落ち着きを払って、庭の隅に篝火（かがりび）を一つ焚（た）かせた。庇の間と御簾（みす）を隔てた簀子（すのこ）に円座（わろうだ）を敷き、道長が持参した柑子（こうじ）を高坏（たかつき）に盛って二人それぞれに出すと、そのまま下がった。

二人きりになると、道長は無沙汰を詫びるでもなく、御簾越しに座った藤式部の体を無遠慮に眺めた。ぶしつけに語りかける。

「息災か、親子とも」

藤式部は隠し立てをしても無駄だと思った。何も知らせていなかったが、道長は何もかも分かっているようだった。

藤式部は返事をしようと口を開きかけたが、はっとあることに思い当たった。

――何故わざわざ単身で忍んできたのだろうか。自分の口で言わなければならぬ何か重大なことを言いにきたのではないか。

道長ほど重い立場の人間が、あえて直接来なければならない用件は限られた。ぞっと冷たいものが背筋を走った。土産だといって持ってきた柑子が篝火の明かりに不気味に光って見えた。

藤式部は目を逸らし、暗がりに沈む前栽を見やった。叢の蛍が頼りなく飛び紛った。それを見たまま硬い声で応えた。

「何をしにいらしたのか知りませぬが、子供のことは、わたくしが決めます。あなたさまにご迷惑はかけませぬ」

子をなしたとなれば、藤式部はただの女房ではなくなった。また道長の子となれば、生まれてくる子供も政治利用される存在となり得た。道長の手駒が増えるようにも見えるが、それとともに弱点ともなった。つまり、予定外の女に子ができても迷惑なだけだとも言えた。

道長は藤式部の気迫に呆気にとられたようだった。やっとのことで気を取り直したのか、一つ咳払いした。

「何を考えておるのか分からぬが、そなたの心配しているようなことはないぞ」

そう言って、持ってきた柑子に手を伸ばした。

「土御門の氷室に取っておいた最後の柑子だ。この時期は酸いものが欲しくなるのであろう?」

道長は柑子の皮を剝いて勢いよく食べ出した。藤式部はそれを見て毒気を抜かれた。

「こちらへは、産むことを止めに来られたのではないのですか?」

「止めるも何も、もうそんな月ごろではなかろう。そなたに何かあっては困るからな」

藤式部は用心深く尋ねた。

「では、産んでよろしいのですか?」

「そなたが自分で決めると、先ほど申したではないか」

藤式部は拍子抜けした。考えてみれば、自分が考えるほど道長にとって自分の出産が重大事というわけではなかった。

思わずほっと息をついた。さわやかな柑子の香に今さらながら気がついた。

――しかし。

ならば、なぜこうしてわざわざ忍んできたのか。最初の疑問は解消されぬままだった。

「まだ、わたくしの問いにお答え下さっておりませぬ」

そう言った瞬間、遠い昔、同じような問いを誰かにしたことがあった気がした。

あれは、誰だったただろうか。

そのまま記憶をたどろうとした刹那(せつな)、道長の声が耳に飛び込んだ。

「そなたに仕事を頼みたい」

急に改まった口調となり、これが本当の目的だったのだと分かった。

「仕事にございますか？　また新しい物語を創れと仰るのですか？」

「さよう。そなたに書いてほしいものがある。だが、それは物語ではない」

「物語ではないとすると、何でございましょうか？」

道長は、それには答えず再び問うた。

「そなたの産み月はいつだ」

「……六月(みなづき)にございます」

「六月か、ならば何とか大丈夫だな」

道長は一人で何かの算段をつけているようだった。藤式部は嫌な予感がした。

「何を書けと仰せになるのです」

道長の眼が鋭く光った。藤式部はその眼の光に覚えがあった。こんな時の道長は必ず自分の我を通すのだった。

「知っての通り、彰子の産み月は九月だ。そなたは出仕して、彰子の初産の記録をつけよ」

道長は、出産の模様やその祝賀に関わる諸行事、その時の貴族の様子などを記録するよう命じた。

「何故そんな」

「父君も筆の立つ側室に日記や家集を書かせた。私の周りでそれができるのは、そなたしかおるまい」

「日記ならば、あなたさまご自身が記録しておられるではないですか」

「あれは、漢文と決まっておるし、なにやかやと制限がある」

当時の高家の男性貴族は、皆それぞれに宮廷生活を詳細な記録に残した。それには宮中の行事や実務の内容を子孫に伝えるための重要な役割があった。

「公的な漢文日記と違い、仮名文であれば色々なことが書ける」

「ならば、殿さまがご自分で仮名文日記を書かれればよいではないですか」

「その昔、紀貫之朝臣は任国土佐からの帰京の旅を女房の旅日記の体で記したではないか。朝廷男子が仮名文を公けに残すことはできぬ。その点、自家の女房が仮名文で記すとなると、好きなだけ好きなように書き留められる。まこと父君は良いところにお気づきなさったものだ」

　この頃から女房の手による記録が増えた。少し後には赤染衛門の栄花物語などが書かれた。

「中宮が皇子をお産みになって初めて、我が家の栄華が確かなものになる。その華のはじめを、そなたが書き記すように」

　当然だと言わんばかりの話しぶりに、藤式部は呆れかえった。

「皇子とは限らぬではないですか」

「この私が、昨年、金峯山に詣でたのを忘れたのか」

　道長は昨年寛弘四（一〇〇七）年八月に、奈良吉野の金峯山寺に参籠した。都から十日ほどかけてたどり着き山頂へ徒歩で登ったといわれる。山頂で経筒を埋納し、おのが望みを祈願した。

「直々に詣でて男子誕生を祈禱したのだ。その甲斐あって、中宮は身ごもられた。

仏が、もう一つの我が望みをお聞き届けにならぬわけがない」

生涯あそこまで精根傾けて仏に祈ったことはなかった道長は、自分の望みが成就するものとすっかり決めてかかっていた。我が子のためにこの霊験を信じ切っているのを見ると、藤式部は滑稽と笑うこともできなかった。無駄だと思ったが言ってみた。

「わたくしの出産は晩夏にかかります。秋に予定されている中宮の御産に行けるかどうか分かりませせぬ」

「甘えるな」

「甘えではござりませせぬ。出産で亡くなる方もいるのですよ」

先年の定子の死が思い出された。こうした例は決して珍しくはなかった。

「大丈夫だ。そんなことにはならぬ」

道長は自信たっぷりに答えた。その顔を見ると、藤式部はもう何も言えなくなった。

気づくと、篝火の明かりが大分小さくなっていた。道長は円座から立ち上がり、供に帰りの合図をした。

藤式部はどうしても聞いておきたいことが一つあった。道長の立ち去り際に思い切って声をかけた。

「わたくしの子はどうされますか」

「私がもらっていいのか？」

道長は出し抜けに答えた。意表を突かれて、藤式部は返答をためらった。

困った様子の藤式部を見て、道長はわらった。

「私には子が沢山おる。そなたは、その子一人だ。だから、そなたの好きにせよ」

そして続けた。

「体に気をつけて産め。一人くらい養ってやるし、どうとでもなる」

そう言って背を向けた。その刹那(せつな)、庭の蛍がぱっと散った。

後日、藤式部の住む堤邸に道長から届け物があった。それは、金峯山から取り寄せた安産祈願の小さな守り本尊だった。

四

金峯山の功徳か藤式部は、無事久しぶりの出産を終えた。

生まれた子は男児だった。予定を大分過ぎて生まれたにもかかわらず小柄な赤子

だった。乳母は、

「こんなにお小さい御子はお世話したことがございませぬ。普通の赤子より頭一つお小さくていらっしゃる」

と驚きながらも、手早く産着を仕立て直し世話をした。幸い、よく乳を飲みよく眠る子だったので、小さくても元気だった。

丸顔で、まだ見えないはずの眼を見開いてこちらを見ようとする仕草をしばしばした。そのさまが道長に似ていて、藤式部は苦笑せざるを得なかった。

出産のことは、自分と乳母しかまだ知らなかった。道長には特に知らせていないが、きっと承知しているだろうとなんとなく感じた。

長ずるにつれて、この子は道長に似てくるだろう。他人と立ち交じる男子であることもあり、父親が誰か、そういつまでも隠しおおせるわけはなかった。ただ、そうなるまでは自分の手でひっそり育てていくつもりだった。

――でも、なんとかなるだろう。

赤子の顔を見ると、不思議とそう思えた。赤子は小さいながらも、すでに藤式部の生活の中心だった。この芯を得たことで、藤式部は自分が強くなった気がした。父為時は、きっと自分の気持ちを分かってくれるだろう。これからどうすればよいか良い知恵を授けてくれるかもしれない。

一方で、土御門の倫子のことを思うと心が重くなった。顔向けできないことをしたのはまちがいない。もうおそらく都にはいられない。父が下向することになったら、子供と二人で任国へついて行って暮らそう。

最後に、彰子が浮かんだ。自分を待っているような、何か問いかけたげな顔だった。藤式部は胸にこみあげてくるものを、やっとの思いでのみ込んだ。

――最後に精一杯の仕事をしよう。

彰子の出産は、このまま順調に行けば一ヶ月後だった。自分の身の上がこれからどうなるか分からないが、側にいられる最後の日々をしっかりと写し取ることが任された仕事だった。

藤式部は、それを悔いのないように成し遂げて、彰子への恩返し――最後の贈り物――とするつもりだった。

当日は、思ったよりあっという間にやってきた。藤式部はなんとか普通に動けるほどに回復していた。

乳母は「ふた月も経っておらぬのにお床上げは早うござります」と眉をひそめたが、渋々送り出してくれた。

彰子の出産は、寛弘五（一〇〇八）年九月十日に始まった。秋の終わりのことと て、朝から野分が吹き、時折雷まで鳴る始末だった。中宮の出産ということで、土御門第には宮中から一対の獅子・狛犬が、中宮の御帳台の守護のため運び込まれた。

普段の土御門第は、唐渡りの調度が並べられ、金糸銀糸で刺繍の施された色彩豊かな錦をふんだんに用いた室礼などで豪奢そのものだった。しかし、その内装は、出産ということで白一色に取り替えられていた。几帳や屏風まで白で徹底され、中宮本人はもちろん白い衣を身にまとい、近侍する女房たちや女童も同様だった。

藤式部も白装束を身にまとい、白い元結紙で髪を結ぶと、出産というにとどまらない緊張感に圧倒されそうになった。尋常でない神聖さは少しの手違いもゆるされないことを意味した。

藤式部は、倫子と密かに目を合わせてうなずき合った。本来ならば顔を合わせられた義理ではなかった。しかし、どんなに内心気まずくても、今はそのことにこだわってはいられなかった。

赤子の取り上げ役は、古くから土御門第に仕える熟練した老女房二人が選ばれていた。だから何も心配することはないとはいえ、彰子の介助に全力を尽くすつもりだった。

明け方産気づいてから、丸一昼夜となる彰子の長い苦しみが始まった。御帳台は厚く帳（とばり）が下ろされた。御帳台のある奥の間は、人払いがなされ、藤式部たちのみが出産の行方を見守った。

その他の女房や参集した貴族たちは、大勢の僧侶が安産を祈願する表の間に集められた。出産の苦しみの間に、恨みを持つ物怪（もののけ）が現れ出ないよう護摩壇（ごまだん）から炎が上がり、加持祈禱（かじきとう）の真言が大合唱された。中でも一番の大声を上げているのは、彰子の父道長だった。

その傍らで、憑坐（よりまし）となった数人の女房に怨霊が次々に取り憑（つ）いた。怨霊は数代前の政敵や捨てられた女、不如意（ふにょい）のうちに死んだ僧、はては童などの形で現れ、猛（たけ）り狂った。

板戸を隔てているとはいえ、悪霊退散の鳴弦（めいげん）の音も高く、護摩行（ごまぎょう）の音声（おんじょう）はうねりとなって土御門第全体を包み込んだ。折しも、風はますます吹き荒れ、雷鳴の轟きが近くなった。

「彰子さま、しっかりなさって下さいませ」

藤式部は彰子の左手を握って励ました。倫子も娘の右手を握りしめながら、安心させるように額の汗を拭き続けた。

初産は長引き、彰子の疲労が濃くなった。夜に入って、周囲に大殿油が幾つも点され、御帳台の周りは昼のように明るかった。しびれを切らした道長が何度も入ってこようとしたが、そのたびに倫子から追い返された。

「まだお生まれにならぬか。せめて、ご様子を一目なりと」

「なりませぬ。一の人らしくなさって下さいませ」

外からは鬼気迫る読経が響きわたり、御帳台の内は熱気がこもって息苦しいほどだった。少し空気を入れ換えようと、藤式部が彰子の傍らを離れようとした時だった。それまで落ち着いていた老女房が急に焦った声を上げた。

「お眠りになってはいけませぬ。お目をお開け下さい！」

彰子は終わりの見えない苦痛に弱り切っていた。知らず知らずに意識が薄れようとしていた。

「中宮さま、息をして下さいませ！」

「彰子！」

藤式部は倫子とともに必死で声を張り上げた。最後は彰子自身が耐え抜き、頑張り抜くしかない。自分たちにできるのは、最後までたどり着けるように支えることだけだった。

彰子は薄目を開けてうなずいた。そして大きく息んだ。彰子を後ろから抱え込んだ老女房が叫んだ。

「もう一度！」

その声に励まされ、彰子は歯を食いしばって再び息んだ。彰子を前から抱えていた老女房は一気に赤子を取り上げた。

その瞬間を狙い澄ましたように、雷がすぐ近くに落ち、赤子が産声を上げた。彰子は細い声を上げたかと思うと、ぐったりと絶え入った。

「中宮さま！」

藤式部は、思わず彰子の頭を抱いた。出産直後に亡くなった定子のことが心をよぎった。

「大丈夫でございます。無事お産みになってお力が抜けておられるだけです」

抱えていた老女房は藤式部を安心させるようにささやいた。たしかに、気づくと彰子はかすかな寝息を立てていた。それを見て、一気に安堵が押し寄せた。傍らの倫子にほっとして語りかけた。

「倫子さま、よろしゅうございました」

赤子は生まれた瞬間産声を上げたが、今は湯に浸かって心地よげにしていた。笑んだように見える口元が、どことなく倫子に似ていた。これからすぐにおん乳付け(ち)の儀に移らねばならない。実際に乳をやるのは乳母だが、最初のこの儀式は形だけ生母その人が赤子に乳を含ませるものだった。

しかし藤式部の言葉に、倫子は返事をしなかった。青ざめたまま赤子に目を向けていた。

「倫子さま、お孫さまはあなたさま似でおられるようですね。どう致しましょう、わたくしが皆さまのところにお知らせして参りましょうか?」

「まだ、いけません」

そう言うが早いか、隣の間にいる道長の元へ向かった。

藤式部は不審に思って、老女房に支えられて蒔絵の盥(たらい)の湯に浸かる赤子を見た。

赤子は女児だった。

時を置かず、道長が飛び込んできた。表の間の加持祈禱はまだ続いていた。

道長は、入ってきた時は平静を装っていたが、盥を覗き込んで血相を変えた。藤式部は訳も分からず、取りあえず祝辞を述べようとした。

「おめでとう存じます。姫宮さまにて……」

道長がしっと指で制した。上げてあった御帳台の帳を降ろし、その周りに几帳を立て回し、さらに屛風で囲んだ。表の間に一番近い襖には錠を下ろし誰も入って来られないようにした。

表の間では、道長が倫子に呼ばれていった後、人々が勘ぐっていた。

「左府（左大臣）殿は随分あわてておられたの。もう間もなくお生まれになるのだろう」

「はて？　なれど、先ほど一瞬産声が聞こえたような？　一際大きな雷が落ちた時だ」

「あれは、憑坐の女房に取り憑いた物怪が赤子の泣き真似をした声らしい。それが証拠に、ほれ、まだ祈禱が続いておる」

「それもそうだな」

「一体、男女どちらが生まれるやら。これで皇女なれば、春宮がね（皇太子候補）は一の宮さまに決まりだな」

「さよう。もともと定子さま腹という、それにふさわしい御出自にあらせられる。その方を差し置いてというのが不自然なのだ」

「御出自はそうでも、後見がなくては実質どうにもなるまい」

「そうよ。後見は何より大事だ。やはり、彰子さま腹の皇子ならば申し分あるまい」

「なれば、長幼（ちょうよう）の序はどうする」

「それが問題なのだ」

貴族たちは自分たちの思惑の上に立って発言していた。亡き定子に繋がる一派と道長を奉じる一派、中立派の人々は、生まれた子の性別によって、大きく流れが変わるのを知っていた。その場の誰もが、形勢が転換する瞬間を待ち望んでいた。加持祈禱の読経がうねるように空気を震わす中、皆道長が去った方向の襖障子を凝視した。


赤子は、道長の指示によって、老女房たちに守られて御帳台の間のさらに奥の控えの間へ引っ込んだ。まだこの子が生まれたことは外部に洩れていなかった。

御帳台の前で、道長は倫子に次の指示を出した。

「即刻、見舞客や女房たちを遠ざけよ。祈禱を続けさせ、難産で長引いている体（てい）を取るのだ」

道長は、男の子でなかったことを受け入れられなかった。

このままだと、一の宮敦康（あつやす）親王立太子で決着してしまう。それは絶対避けたい。強い焦りがあることは自明だった。

倫子は黙ってうなずいて出て行った。

藤式部は我慢できずに詰め寄った。

「どうなさるおつもりなのです。もうお生まれになったというのに」

「皇女（ひめみこ）であるなど、あってはならぬのだ」

道長は惑乱し、あらぬ事を口走った。藤式部は、道長を落ち着かせるため、その眼を覗き込んだ。

「ともかくも、姫宮さまはご無事にお生まれになったのです。こんなに喜ばしいことはございませぬ」

辛い経験をした藤式部は、男の子であっても女の子であっても、命のあるだけであり難い。この世に有るのが難（かた）きことなのだと、道長に思ってほしかった。

「あなたさまは、このことを御仏に感謝なさらねばなりませぬ。こうして、わたくしの息子と同じ時期に生をお享（う）けになったのも何かの縁にございます。わたくしども親子は、姫宮さまを一生お支えいたします」

宮中に居られなくても、遠くからでもずっと忠誠を誓おう。それが彰子への恩返しであり、何より生まれてきた命を寿ぎたかった。

「それに、次にお産みになるのは男皇子かもしれませぬ。そうなれば、姉宮として頼りになる存在にお育ちになりましょう」

皇位を継ぐだけが御子の価値ではない。そう道長にも理解してほしかった。

しかし、道長は藤式部の真意を分かろうとしなかった。ただ藤式部のある言葉に反応した。

「同じ時期に生を享けた？」

道長はぐるりと眼を巡らして藤式部を見た。しかし、その眼は藤式部を通り抜けて、何かのもくろみが閃いたように輝いた。

「そなたの言う通りだ。同じ時期に生まれた赤子がもう一人おったではないか」

道長の脳裏に何が炸裂しているのか藤式部はまだ思い至らなかった。

「殿さま？」

「そうだ。もう一人の赤子だ。私の血を引く男子はすでに生まれておったのだ」

邪鬼が業火の周りで踊るように、道長は笑った。そして、おそろしい考えを告げた。

「そなたの赤子を、この女子とすり替えるのだ。他の者はまだ誰も女子が生まれたとは知っておらぬ。そして、そなたが男子を生んだことも知られてはおらぬ」

　藤式部は道長が何を言っているのか分からなかった。ひょっとして狂ってしまったのかもしれないと思えた。道長はお構いなしに続けた。

「そなたの子は、少々小さく生まれたそうだな。しかし、それもこうなっては好都合だ。一月後の今生まれたと言っても通るであろう。それに生まれてすぐの赤子の顔など、世間に知らしめるわけではないゆえ、気づく者もおるまい。幸い私に似ているそうだな」

　道長はいつの間にか藤式部の息子の特徴を知っていた。藤式部はようやく道長が本気だということを認識した。それとともに、腹の底から怒りが湧いてきた。

「あなたさまは鬼になられたのですか」

　男子だ女子だと言って、赤子を物のように取り替えようとする考えが許せなかった。

「臣下第一の人とはいえ、何をしてもよいわけではありませぬ。あなたさまには人の心がないのですか」

　こんなことを面と向かって言ってはいけない。頭では分かっていたが、言わずにはおられなかった。

「大事なのはあなたの血ではなく、帝の血をお引きになるということです。それに、わたくしの息子にも姫宮さまにも、天からいただいたそれぞれの人生がございます。それを親の都合でねじ曲げるなどできませぬ」

藤式部は正論を吐いた。気圧（けお）された道長は急に気弱な表情に変わった。

「そなたが息子がかわいいのは分かる。なれど、私の気持ちも察してくれ」

その言葉はすがりつくように続いた。

「中宮は我ら夫婦に最初に生まれた娘だ。長男が生まれるまで我らの子は中宮お一人だった。はっきり申せば、他の子たちより何倍も愛情を注いできた。中宮は我らには特別な娘なのだ」

道長は必死の形相（ぎょうそう）だった。そこには、今までにないほど彰子への愛情が露（あら）わになっていた。

「そなたも知っての通り、中宮は申し分のない気立てに育たれた。亡き皇后のお子を自ら引き取ってご養育されたほどお優しい方だ。此度（こたび）ようやく自分のお子に恵まれたというのに、このままでは今上の御心は一の宮に向いたままだろう。それでは、あまりにお気の毒だ。私は親として、中宮にお幸せになっていただきたいのだ」

　それは親としての強い思いだった。中宮の幸せを願うのは、藤式部も同じ気持ちだった。藤式部は思わずほだされかけた。しかし、親の情に流されてはいけなかった。

「仰っていることは、今上のみならず天に背く行為です。わたくしに皇統を歪めよと仰せになるのですか」

「そなたと中宮の関係もそうだが、帝も含めて殿上人はみな遠かれ近かれ親戚関係にある。皇統を歪めるなどと大げさな。貴族ならば、誰もが一度は思い描く夢だ」

　道長の表情は娘を思う気弱なものから、権力欲に満ちた厳しいものへと変わっていた。

「わたくしはそんな夢を見たことはありませぬ」

　藤式部は再び押し返した。けれども道長は引かなかった。

「きれい事を申すな。堤中納言がひ孫よ。そなたの曾祖父が、娘を醍醐帝後宮へ入れたことを忘れたか」

　道長の言う通り、藤式部の家系には、堤中納言兼輔の娘桑子が入内した過去があった。

「入内するということは、帝の御子を挙げることを目指すことだ。それが、我らが政事の土台といってもよい。皆自分の家から帝を出したいのだ」

道長は語気を強めた。

「今こそがその好機だ。それに、そなたの子が帝になれるかもしれぬ。曾祖父以来の悲願が叶うのだぞ」

いっそう道長の眼の輝きが増した。藤式部は、その輝きにからめ取られて身動きが出来なかった。

「堤中納言兼輔の子故(ゆえ)の和歌を覚えておろう。あれが名歌と呼ばれる所以(ゆえん)が分かるか。親なら誰しも子故の闇に惑うからだ」

藤式部の曾祖父藤原兼輔のあの和歌は、言われるまでもなく、源氏物語の中で何度も用いた。光源氏も藤壺中宮も、不義の子を産んでもその幸福を願わずにはいられなかった。藤式部の子も、中宮彰子の子として育った方がもしかして幸せかも知れない。道長の言葉にはそう思わせる魔力があった。

しかし、なおも藤式部はためらった。

「なれど、……倫子さまに何と言えば」

彰子の御産が最後の仕事のつもりだった。何も言わずにひっそりと消え、自分たち親子の存在を忘れてもらいたい。それが、せめてもの罪滅ぼしだった。

道長は被せるように請け合った。

「倫子には、私から後で説明しておく」

「その必要はございませぬ」

ふいに背後で、か細いうめきが聞こえた。

人の親の心は闇にあらねども
子を思ふ道に惑ひぬるかな

兼輔の歌を吟じる声にふり返ると、いつの間にか戻ってきた倫子だった。赤子を腕に抱いた倫子の両の頰は濡れていた。その涙を見て、藤式部は倫子が何もかも知っていることを悟った。

道長は色を失った。

「そなた、いつからそこに」

倫子は夫を一瞥し、藤式部に向き直った。

「私は中宮の母にして、土御門の女主です。邸には父の代から仕えてくれる者が多くおりますし、邸の外にも父の世話になった者が多くいます。なれば我が家に関わることは、自然と耳に入ってくるのです」

女主には、目や耳となる忠実な家臣が多くいる。夫が自分の見えないところで何を行い、何を企んでいるか空気のように掌握するが、全て胸の内に収め、何事もよきように取りはからう。それが倫子の役目だった。

藤式部は覚悟した。

「藤式部殿、私はあなたを許すつもりはありませぬ」

倫子の怒りは当然だった。自分は恩人である倫子を裏切ったのだ。藤式部は頭を垂れて、どんな叱責も甘んじて受けるつもりだった。しかし、続いたのは意外な言葉だった。

「なれど、恨もうとも思いませぬ。私はあなたの物語をずっと読んできました。だから、あなたがどんな人間かよく知っているつもりです」

藤式部は恐る恐る顔を上げた。倫子はまっすぐこちらを見つめていた。

「あなたは源氏の物語の中で、あわれなる人の情は止むにやまれぬものだということを、幾度も描いているではありませぬか。止むにやまれぬ思いが人の心を動かすのです。人の性とはそういうもので、それを失ったら人ではなくなるのかもしれませぬ」

光源氏も、女君たちも止むにやまれぬ思いで運命に翻弄された。それを描いたのは自分だけれど、物語のうねりに突き動かされたのは自分の方だった。

倫子は道長に厳しい視線を向けた。道長は気まずそうに扇で顔を隠した。

「あなたの御子はそうやって生まれてきたのです。それを私がとやかくはいえませぬ。それに」

「それに？」

「先ほどのあなたのように、いいえ、あなた以上に、私は彰子を愛しいと思っているのです。彰子の幸せだけが私の願いです」

倫子の言葉に嘘はなかった。長年の付き合いによって、藤式部も倫子がどんな人間か分かっていた。普段は道長の陰に隠れているが、倫子はやはり源氏の家の大姫君の度量を備えていた。

御帳台の中から、かすかにすすり泣きが聞こえた。帳が動く気配があり、倫子はいそいで側へ寄った。

帳が上げられ、起き上がった彰子が姿を現した。

「私からもお願いします。藤式部」

紙のように白い顔はやつれたままだったが、こちらへ向けたのはしっかりした眼差しだった。

「たしかに今上のお望みは、一の宮さまの立坊です。私もそれに賛成です。なれど、その後の春宮(とうぐう)がねに推される皇子はまだおられませぬ。世の乱れの因(もと)となる混乱は避けねばなりませぬ」

彰子の望みは、生まれた皇子を春宮にすることではなかった。しかし、一の宮の後の春宮候補がいないことを憂慮していた。

「民が安逸のうちに暮らすことに、我ら九重の人間は心を砕かねばなりませぬ。そうではなかったのですか?」

それは、彰子の教育の中でいつも藤式部が話した心構えだった。

「子を思う親の心は同じです。わたくしも、あなたも、父君も」

彰子は言いながら道長に目をやった。道長は袖でまぶたを押し拭(のご)っていた。

「無理を承知で頼みます。私どもの願いを聞いてやってくれませぬか。あなたのお子は、私が責任を持って育てます。あなたは私付きの女房として、お子の側近くでお世話して下さい」

「彰子さまのお子さまは、どうされるのです。わたくしの子と入れ替えるということは、臣下の身分に落ちることになるのですよ。帝と中宮の御子というあたら尊いお生まれの皇女(ひめみこ)が……」

通常ならば、その皇女は、内親王宣下を受け、尊貴な立場を与えられる。もしこののち皇子が生まれれば、未来の春宮の姉として、本朝の中で最も位の高い女人となることが約束された。

彰子は、苦しそうな表情を浮かべた。しかしそれも一瞬のことだった。

「それがこの子の宿世(すくせ)なのでしょう。これから、この子が出会う困難は、すべてわたくしが背負います」

きっぱりとそう言い放ち、固く唇を引き結んだ。そこには威厳さえも漂った。

――この方は、帝をお支えするようになられるお方だ。

出会ってすぐ、彰子に抱いた印象が蘇った。その資質を伸ばすべく、本人とともに今日まで努力してきた。今、彰子は立派に目指す姿にたどり着いた。

「それに、あなたのもとなら安心です。どうか、よろしく頼みます」

気丈な中宮の語尾がふるえた。

二十歳すぎたばかりの身で母となり、その子を手放さねばならない。非情な決断に押しつぶされそうな素顔が、みじかい言葉の中に垣間見(かいまみ)えた。

「すべての罪は、この爺にありまする。天罰も仏罰も、中宮がお引き受けになることなどありませぬ。この身にこそ甘んじて受ける所存にござりますぞ」

道長は人目も憚らず号泣した。

それにつられて、倫子に抱かれて眠っていた赤子が目を覚ました。目をぎゅっとつぶり歯のない口を大きく開け顔を真っ赤にして、生まれたばかりの全身で泣き出した。

道長の涙は泣き笑いとなった。目頭を押さえる倫子に向かって言う。

「若宮がお目覚めになった。さても、おん乳かおん襁褓か後の間にてお世話せよ」

そう言ったかと思うと、すっくと立ち上がった。

「若宮さまがご誕生あそばされた。健やかなる男皇子であったと、宮中へご報告せよと申し伝えよ」

道長は、それこそ帝の御座所までも届けとばかりの大音声で言い立て、こう付け加えるのも忘れなかった。

「なれど、物怪の仕業にて、御心地悪しゅうおわします。皆への披露目は、日を改めて行う」

そうして、藤式部に向き直った。

「そなたはこれから若宮さまご生誕の各儀式の模様を、日記としてしかと書きとどめよ。源氏物語作者の手によるご生誕記として後の世にまで残すのだ」

それから声を潜めてささやいた。

「それが、母としての役目ぞ」

天に背く大罪を、ここにいる人間だけで負うていかねばならなかった。気づけば彰子も嗚咽していた。藤式部は泣きながら彰子へ手を伸ばした。

自分たちの頬を濡らす涙が、子と別れる悲しみのせいなのか、罪を犯したことへの慄きなのか分からなかった。

ただ、子故の闇に一歩進み出てしまったのは確かだった。

――もう後戻りはできない。

藤式部は彰子を抱きしめながら、このことを否応なしに悟らねばならなかった。

その夜、藤式部と彰子の子は密かに入れ替えられた。

――これからはもう実の親子とは名乗れない。

その罪を我が子に科したのは他ならぬ自分なのだ。

我が子が帝になる。

正直、そう言われて強く反論できなかった。

子を思ふ道に　惑ひぬるかな

――古歌のいう、これが子を思う闇というものか。

連れてこられた赤子の泣き声に重なって、藤式部の耳に我が子の泣き声が蘇った。耳慣れたその声は、闇夜に差した一条の月の光のように、親子を繋ぐ糸だった。そのはかない糸はもうすぐ切れようとしていた。

再び抑えていた涙が堰（せき）を切ったようにあふれた。唇をかみしめ、袖で顔を覆っても涙は止まらなかった。

しかし、藤式部のもとには、彰子の子が託された。これからは、この子を育てるのが藤式部の役割だった。託された赤子が泣き出すと、自然と胸が張った。

「これからはこの子が我が子だ」

乳をあげているとそんな気持ちがわいてきた。

二人の子のためにも、藤式部は惑っているわけに行かなかった。翌日から、彰子の御産の様子を書き記し、後にそれは紫式部日記として伝わった。藤式部は、御産直前の様子と、出産後の華々しく打ち続く祝賀行事の記録を残した。それは、記録が残っている範囲が藤式部の持ち場だったという体によると考えられる。

為時は、藤式部に直接尋ねなかった。

しかし、人の機微に聡い父のことなので、何事か察し、当然赤子の入れ替わりにも気づいたのであろう。怒りを押し殺し何処かへ向かった日、忸怩たる面持ちで遅く帰ってきた。

その後、越後国への出向が急に決まり、弟とともに下向することとなった。道長から、表向きは越後に宋船が漂着したため、その対応調査の人材として推挽された。為時は娘のためを思い、黙って出発した。

藤式部は、再び源氏物語の筆を執る日々を再開した。

第四章

一

土御門第で中宮彰子が産んだ皇子は敦成と命名された。

宮廷社会では、この皇子の誕生は驚きを以て受け止められた。後宮第一の妃である中宮所生のこの敦成親王には、誰よりも強固な後見が控えていた。左大臣道長を祖父に持つ敦成親王に実質対抗できる皇子はいなかった。

最も脅威を抱いたのは、言うまでもなく第一皇子敦康親王の伯父に当たる藤原伊周と隆家の兄弟だった。亡き妹定子所生のこの一の宮の存在だけが、凋落した中関白家一門の希望の灯火だった。道長と伊周たちの闘いは、敦成誕生の瞬間から始まっていた。

元の物語の女房の任に戻った藤式部を、彰子と倫子は最初の約束通り若宮の養育係に起用するつもりだった。それを辞退したのは藤式部の方だった。

「若宮さまの間近にいて、平静でいられる自信がない」というのが理由だった。これは嘘偽りのない本心だった。

むろん自分の息子を我が手で育てたいのは山々だった。しかし、その思いが強ければ強いほど、あやしたり腕に抱いたりした時に、そのまま家に連れて帰ってしまう衝動に駆られるに違いなかった。そうなった時、自分が何を口走るか分からなかった。

その代わりに、手許に預かることにした姫宮の世話に全力を傾けることにした。けれど、折悪しく、藤式部の邸にやって来てすぐ、姫宮は高熱を出した。幸い、土御門第に秘蔵された唐(から)渡りの生薬で窮地は脱したが、心配のあまり藤式部は命が縮みそうになった。実の母である彰子や祖母である倫子も同じ思いだった。

「賢子(けんし)」と名付けられたその子は、その後はすくすくと育った。

藤式部は二人の子のためにも、源氏物語を光源氏の栄華を描く華麗な宮廷絵巻として描き始めた。

皇子誕生を祝って、一連の祝賀行事――産養(うぶやしない)が行われた。

誕生の夜の「初夜(そや)」には、彰子と敦成親王のもとに、直ちに今上(きんじょう)からの勅使が派遣され、皇子誕生の時に帝から贈られる御佩刀(みはかし)が届けられた。迅速(じんそく)な対応を道長は喜んだが、一の宮誕生の折にあった今上の慶びの言葉を記した御書は今回添えられなかった。

以下、三、五、七、九日目……の各夜ごとに儀式は続き、藤式部はその詳述を残した。

今上より、彰子参内(さんだい)期日の問い合わせがあったが、道長はわざと遅い参入の日を決めた。道長は、彰子と皇子の存在を重く認識するように、今上に対する無言の圧力をかけ始めた。

今上の土御門第行幸(ぎょうこう)が決まったのはこのすぐ後だった。通常、帝は臣下の邸を訪ねることはない。この行幸は異例のことで、今上が道長の圧力に配慮したのは明白だった。

この日のことを、道長は「私が皇子をお抱き申し上げ、主上(おかみ)もまたお抱き申し上げなさった」と自慢した。これを聞いた人々は目を丸くした。最高敬語で語られるべき帝の動作に、謙譲表現を足したのだ。このことは、生まれた皇子を帝より尊く扱うという道長の意志の表れだった。

一方道長は、彰子からとして、今上に数々の貴重な名笛を献上した。今上は音楽を好むことを知ってのことだった。今上は以前自らも笛を奏じていたが、定子没後はしなくなった。

しかし、道長の豪華な献上品も今上の心を動かすことはなかった。見事な造作の高麗笛などを前に、ただ微笑むばかりの今上を、彰子は遠くから見つめるほかなかった。

誕生の祝賀行事の時期から現れていた道長と伊周の対立は、敦成親王の生誕を祝う百日の儀で決定的になった。

藤式部は、儀の支度で、敦成に着せる産着を心を込めて縫った。伝えられた寸法は、自分の手許にいた時より縦も横も伸びていた。藤式部は、極上の白絹に涙のしずくが落ちないよう気を張りながら縫い上げた。そして、縫い上がった産着を丁寧にたたむと、几帳の陰で誰にも知られないようそっと抱きしめた。

誕生百日目の御百日の儀は十二月二十日だった。彰子と敦成が還御した内裏東北の対において行われた。南広廂と仮板敷に献上された金銀財宝や折櫃百合などが並べられ、上達部は東孫廂、殿上人は又廂にいて、各々饗宴が行われた。戌の刻に今上の渡御を迎え、盛大な宴飲となった。

今上の御前において、公卿たちが賀の歌を詠み寿ぐ場で事件は起きた。

杯が数巡し皆が酩酊した頃合い、公任がおもむろに皆に呼びかけた。

「諸相諸卿よ、本日はめでたくも新親王さま御百日の慶賀の日なり。これを祝し、賀の歌を今上に奉らん」

そこで、道長が列席していた行成に向かって命じた。

「左大弁よ、能書の誉れ高いそなたが、このめでたき詠歌の歌題を書け」

行成は、実務能力だけでなく、当代の三蹟の一人に数えられるほどの能書家で、後に世尊寺流の祖となるほどの腕前だった。今上が見守る中、行成は畏まって進み出た。そして、歌題を書くため筆を執った。

その時、満座の中、藤原伊周が行成から筆を取り上げ、勝手に自ら歌題を叙すという挙に出た。

第二皇子百日嘉辰合宴於禁省矣

伊周は、父道隆や自分、また一の宮敦康親王の存在を改めて訴え、新しく生まれた敦成親王はあくまで「第二皇子」であると主張した。

誰ともつかぬざわめきが起こった。

「第、第二皇子……」

祝賀の雰囲気は途端に変わった。皆、伊周から視線を外し、黙りこくった。

数えで三十五歳の伊周は、美形で知られた定子とよく似た面立ちだった。優雅に黒綾の袍を着こなした姿は、今でも見惚れるほどうるわしかった。

しかし没落した現在、満座でのこうした振る舞いに多くの者が眉をひそめた。伊周は、白い頰をぴりぴりと引きつらせながら、道長を挑むように見た。

「左府殿、いかがにござる」

「これは儀同三司殿」

道長は、八歳年下の甥を准大臣の唐名で慇懃無礼に呼んだ。兄道隆の生前から、自分を飛び越えて出世するこの甥が目障りでならなかった。

「即興に作られたとは思えぬ見事な序文にござりますな。この名文はきっと後世にまで伝わりますぞ。誰の依頼も受けず、得手勝手に皇子誕生の場に水を差したとの逸話とともに」

伊周は眦を決したが、道長は言いつのった。

「さすが、中関白さまの先例のないお引き立てをお若い頃からお受けになり、二十歳やそこらで内大臣にお就きになった方は違いますな。父君のご威勢を笠に着て、衣服令を勝手に変えて殿上人の裾を短うなさり、皆大いに迷惑を蒙ったものだった。その折といささかも変わられぬ。御身がこのようなお振る舞いをなさるようでは、お身内の尊き方の格が下がりますぞ」

「格が下がるとは何ごとだ」

宮中の重鎮小野宮実資が割って入った。

「お二人ともいい加減になされよ。主上の御前にて見苦しいぞ」

道長より九歳年長の実資に窘められ、いさかう二人も従わざるを得なかった。今上の御前に向かって不承不承平伏した。

皆一斉に注目する中、二十九歳の今上は淡々と一同を見渡した。行成に目を留めると呼び寄せ、彼を介して道長を側近くに召した。

「本日はまことに佳き日だ。若宮のために尽力した左府に杯を賜ろう」

一同に賛嘆の声が上がった。道長は瑠璃の杯をうやうやしく受け、先ほどまでの気まずい空気は一変した。皆ほっとしてふたたびの一献を傾け出した。

しかしながら、今上は上機嫌の道長を目立たないようにすぐ脇へ召した。そして、扇で口元を隠しながら、道長の耳元にささやいた。

「重臣たる者、そなたの言う通り先例を守ることが、朝廷の安定のために肝要だ。特に、長幼の序はな。そうではないか?」

今上の言葉は、言下に一の宮の立坊を強く希望するものだった。

道長は顔色を変えたが、何も答えないまま深く頭を垂れた。その様子を、離れた場所から伊周が食い入るように見守っていた。


道長と伊周の口論は、すぐさま彰子の耳に入った。事の顚末を知った彰子は心を痛めた。ついで、その場を収めた今上の心の内を思いやった。

彰子は入内して十年という月日を今上の側近くで過ごすうちに、少しずつ帝の苦悩というものが分かってきた。

十二になる歳に、八歳年長の従兄である今上に入内した。初めは「雛遊びのきさき」と揶揄されるほど幼く、今上のただの遊び相手と目された。ある時など今上が気を引こうと笛を奏しても、そっぽを向いたままだった。

「こちらを向いてごらんなさい」

「笛は、聴くものであって見るものではありませぬ」

「おや、これは参った」

温和な今上は、聡明な彰子としだいに心を通わせていった。定子の死後、成長し教養と学問を身につけた彰子に対して、今上はだんだん自分の胸の内を明かすようになった。

誰を次の春宮にするか、今上の本心はやはり一の宮敦康親王にあった。

「一の宮は、后腹の第一皇子なのだ。これほど出自の高い皇子が立坊しなかった先例はない」

今上が語ったのは、当時の宮廷社会では既成の通念だった。第一皇子で春宮にならなかった者は一人いたが、それは母の身分が低かった。当時の社会常識から言えば、今上の考えがまっとうな選択だった。

藤式部から唐土の史書を学んだ彰子も、今上の意見に同意した。

「長幼の序は、孔孟の教えにも説かれています」

「五倫の徳目の一ですね。よく学ばれたものだ」

孔子の考えを受け継いだ孟子は、儒教における五つの徳目を提唱した。父子の親、君臣の義、夫婦の別、長幼の序、朋友の信である。

儒教の大原則ともいうべきこれらの徳は、社会の平穏のためにしっかりと守られねばならないというのが、当時の考え方だった。道長の目指すものはそれに明らかに反していた。

「中宮になったといってもあなたはまだお若い。一の宮が春宮に立ったとて、あなたがその後に皇子をお産みになれば、生まれた二の宮を次の春宮にしよう。そうすれば、万事うまくいく」

「御意にござりまする」

以前から、帝とはそのように相談していた。

なのになぜ父は、世の理（ことわり）を覆してまで二の宮を春宮に立てようとするのか。一の宮健在の今、それを押しのけての立坊は、二の宮にとっても道長にとっても有為の方策とは思えなかった。

今上が譲位し、一の宮が春宮から帝に即位し、次の春宮として二の宮が立つ。これが、もっとも世間の誰もが納得する流れであり今上の願いだった。それにそのような皇統の安定のために、藤式部に子供を入れ替えてもらったのだ。これでは父の野望のためだったことになる。

彰子は、道長の性急さを憂慮（ゆうりょ）した。

「父君、春宮位は、自門の繁栄のためだけに決めるものではありませぬ。今上がご賛成にならないのに、先例のない立坊を二の宮にさせるわけにはいきませぬ」

しかし、道長は中宮の苦言に耳を貸す様子はなかった。

「中宮は私どもが風にも当てずお育てしたので、甘いことを仰せだ。世の理だからとて、一の宮を春宮位につけても、一の宮方の者たちから感謝されるとでもお思いか。かの者どもは、勢いづいて二の宮の追い落としを画策するであろう」

「まさか、そのような……」

しかし、道長の露骨な物言いを、彰子は否定することはできなかった。

男子の世界である朝廷における権力闘争は、後宮の女性たちにも逐一耳に入った。その実態の深部まで掌握できはしなかったが、盛大な儀式とともに入内した女性たちが、後ろ盾の没落や失脚によりあっという間に勢いを失うのを何度も見てきた。権力は、自分たちが思うほどいつも強固なものではないことを、彰子も肌で感じていた。

「中途半端な慈悲ならば、ない方がよろしい。そうではござらぬか」

道長はじろりと娘を見た。以前養育していた一の宮をはじめとする定子皇后の皇子女は彰子から徐々に遠ざかり、二の宮の妊娠を機にすっかり疎遠となってしまった。

それでも彰子は、折節につけ何かと届け物を贈ったが、礼状も返しの品も次第に女房の代理となった。彰子はうつむき、扇で顔を隠した。

「お気になさることはない。元からの間柄に戻っただけだ」

道長は歯牙にもかけない風だった。

「今は、我が家から帝がお出になるか否かの瀬戸際だ。せっかく帝の外戚となったのです。権力を保持し、何代にもわたってお支え申し上げられるよう邁進することのみが、父祖への報恩となりましょう」

「私は藤原の出ですが、もう皇族の人間です」

彰子は、十二歳の頃から宮中の空気を吸って育ち、皇族としての意識で物事を見るようになっていた。

「ならば尚更、朝廷の安定のために尽くさねばなりませぬな」

道長は、娘の変貌を知ってか知らずか、にやりと笑みを洩らした。


藤式部は、彰子の胸中を察した。同情の念を通り越し、道長に怒りの念を持たざるを得なかった。百日の儀以降、道長は、藤式部の創作する源氏物語にも関与を強めるようになっていたのだ。

ある日、藤式部が藤壺の自分の局に戻った時、内部の様子に違和感を覚えた。長櫃や書棚が取り散らかされ、収められていた源氏物語の巻々が放り出してあった。あわてて文机を見ると、そこも周りを含めて荒らされていた。文机の上に置いた、途中まで清書した新しい巻の原稿がなくなっていた。推敲の原稿も、机の下の硯箱の蓋に重ねておいたのに、きれいに空になっていた。

「此は何としたこと」

茫然とした藤式部のもとへ、いきなりやってきた者があった。

「戻っておったか」

道長が当たり前のような顔で入ってきた。

「殿さま、大変にござります。留守のうちに盗人が入ったようです。机や書棚が荒らされておりまする。せっかく書いた新しい巻を取られてしまいました」

「盗人ではない」

道長は、平然と言い放った。そのまま散乱した冊子本をあれこれ物色し始めた。

藤式部は訳が分からなかった。

「殿さま、何をなさっておいでですか？　それに、盗人ではないとは一体……」

泡を食って、藤式部は矢継ぎ早に問うた。道長は人の悪い笑顔を向けた。

「分からぬか。新しい巻を持って行ったのはこの私だ」

「殿さまが？　何故そのような」

「妍子のところから、源氏物語の続きを早く読みたいと要望が来た。あれも居貞親王さまに入内が決まっておるゆえ、宮中に出回って既に人が知っている源氏物語ではつまらぬ。まだ誰も知らぬ巻を届けてやりたいと思うての」

宮中きっての人気の物語が、これからどういう展開になるのかいち早く読むことができる——こういう余禄に与れるのも作者は自家が創作の支援を続けた女房だからだと、道長は言わんばかりだった。

「そんな勝手な……。あれはまだ途中です。これから変える箇所も出てくるかもしれませぬ。それに、机の下に置いておいた推敲の分も見当たりませぬが、それももしや」

「新しい巻を読みたがるのは、妍子だけではないからな」

「ほかにもお遣りになったのですか？」

「ほうぼうから頼まれておってな」

道長はまったく悪びれていなかった。

藤式部は頭を抱えた。もっと改稿して世に出すつもりだった巻々が流出してしまったのだ。それだけではなく、道長は世に出すつもりのなかった巻まで持ち出した。主人筋に当たるとはいえ、傍若無人さに呆れ返るほかなかった。

道長は、めぼしい物が見つからなかったようで、物色をようやく止めた。

「そんな顔をするな。皆、源氏の物語読みたさに私に頭を下げるのだ。こんな主人冥利に尽きることはないではないか」

道長は顔をほころばせた。そう言われて正直なところ、藤式部は少々こそばゆい思いをした。

「畏れ入りましてございます。それほどまで言っていただけると、お世辞でも作者冥利に尽きまする」

「いや、お世辞などではないぞ」

道長は真顔になった。

「私はかねがね源氏の物語を読んで、これは自分のことだと思う時があるのだ。光源氏は口がうまいと何度も書いておるだろう」

この指摘は図星で、藤式部は口をすぼめた。道長は今も源氏物語を丹念に読んでいた。

「それに、こんなに運の良い男はほかにおるまい。まことなら臣籍降下した元皇子として宮中の隅で生きる身分だ」

「あなたさまは元皇子ではないではありませぬか」

「なれど、同腹の兄弟の中の三男坊だ。父から大した物を受け継いだわけではない。本来なら、兄たちの陰で小さくなっている身の程に過ぎぬ。それが今はどうだ」

たしかに、宮中の誰が、若い頃の道長を見て今日の栄耀を想像しただろうか。ここに至るまでの道程は、奇跡に近い幸運の重なりだった。

長兄道隆の飲水病（糖尿病）による死や、次兄道兼の流行病による早世などは、道長の手の及ぶところではなかった。加えて、自分に女児がいなければ、後宮政策を介して帝の外戚となるを得なかった。全ては偶然から導き出された産物だった。

「そなたの源氏物語が世に出始めた辺りから、私の運は更に上向いてきた。私には、我が家の繁栄は、源氏の物語のお陰のような気がしてならぬのだ」

藤式部は、「さすがに買いかぶりにござりましょう」と謙遜しようとした。

しかし、道長の眼を見ると言いかけた言葉が引っ込んだ。その眼は真剣そのものだった。

「我らの宿世は、そなたが書いた通りになっていく。そなたは、先を読めるのではないか」

空恐ろしいものを見るように、道長は藤式部を見た。けれど、そこに浮かんだのは、嫌悪ではなく畏怖に近い感情だった。

道長が何故こんなことを言い出したのか、藤式部には分からなかった。ただ、道長の語るさまを見ていると、あることに気づいた。

——この方は、何かに必死にすがっているようだ。

彰子の懐妊の時もそうだった。生涯他に例を見ない大がかりな金峯山参詣は、不安の大きさの表れだった。

本来つたなかった運命が希有な幸いを得たことに対し、再び何かにすがりたがっている。そう藤式部には見えた。

「わたくしは、ただ筆の赴くままに物語を綴って参りました。何か先のことが分かって書いたわけではありませぬ。なれど……」

「なれど?」

確かに、ある時期から、こうなってほしいという願望を書いたかもしれなかった。それが意識的であるか潜在意識のなせるわざかは分からなかった。

——源氏の物語の人々は、それぞれ過酷な運命を生きている。そういう人生に定めたのは自分だけれど、読者と同じように、その中で幸をつかんでほしいと思いながら書いていている。

「わたくしの願望が、そう書かせたのかもしれませせぬ」

道長は藤式部の手を取った。それは、いつか石山寺で目にした御仏に願いを懇請する衆生のようだった。

「もっと、光源氏の栄華を描いてくれ。私のために」

――この方は不安なのだ。中宮の父、若宮の祖父、藤原の氏の長者と呼ばれ、朝堂に並ぶ者なき威勢を誇っても、頼るべきよすがを探している。この方は、私が思うよりずっと不安なのかもしれない。

藤式部には、道長が一人きりで切り立った崖の上に立ち尽くす光景が見えた。その道長は、いつか宇治で見せた泣き出しそうな顔だった。

「筆の及ぶ限り力を尽くしまする」

物語しか書けない自分に、どれほどのことができるか分からない。道長は自分のためにと言ったが、それは彰子と皇子のためでもあった。道長の横暴は許せなくても、二人の安定のためには道長の後ろ盾が必要だった。道長が自分の事が書かれていると思うなら、他の読者もそう思っているのだろう。そうならば、彰子親子の後ろ盾の勢いが衰えたようなことを書くわけにはいかなかった。

道長は表情を崩し満面の笑みを浮かべた。それは先ほどの人を食った笑顔ではなく、藤式部が戸惑うほど素直な笑みだった。

「やれ、嬉しや。これで憂いがなくなったぞ」

道長は藤式部の手を取ったまま晴れ晴れとした声を上げた。

「そんなにお喜びになると、悪いことが書かれていても、それが起こると信じてしまうようになりましょう」

藤式部は浮き立つ道長をたしなめたが、道長の耳には一切入っていないようだった。

源氏物語における光源氏は、ますます華麗に描かれていった。六条院という大邸宅を造営し、最上級の栄華を享受する生活が活写された。それは、まるで道長一門の繁栄を写し取ったかのようだった。

二

藤式部の源氏物語は、第三十三帖藤裏葉(ふじのうらば)巻で光源氏(ひかるげんじ)が准太上天皇(じゅんだいじょう)の待遇となる大団円を迎えた。

一応の結末にたどり着き、藤式部は疲れ切っていた。仕切り直して新章を立てようと試みても、頭が空っぽになり、何の着想も湧いてこなかった。

いつの間にか、二の宮が生まれてから翌年の夏を迎えていた。

この九ヶ月あまり、宮中では創作に、私邸では赤子の世話にと藤式部は働き続け、疲れは限界に達していた。そして、藤式部はついに休暇を願い出た。子を乳母に託し、宮中を一時退出して、頭を休め次なる英気を養おうと決めた。

中宮は笑って許可を出した。

「いくら物書きの名人のあなたでも、そう次から次へは妙案は出て来ないでしょう。好きなだけお休みなさい」

「名人などではありませぬ。ない知恵を絞っておるゆえ、泉が涸れてしまったのです」

「そういう時は石山寺へ参籠してはどうですか。観音のご霊妙を頼れば、またよい案も浮かんできましょう」

彰子の勧めもあり、藤式部は久方ぶりに石山寺に参詣することにした。

藤式部は宿坊に落ち着くと、懐かしい顔と差し向かった。その昔、父のところに漢籍の手習いに来ていた少年の一人が僧となり、明信と名乗っていた。

「小姫さま、お久しゅう存じまする」

明信は、昔の優しげな面影をそのまま残していた。月を思わせる柔和な目元を細めて微笑んだ。

「明信殿、ご立派になられたことですね。父も喜ぶと思います」

「小姫さま、いえ藤式部殿こそご出世なされて、お師匠さまもさぞやお喜びと存じます。今や源氏の物語の名を知らぬ都人はおりますまい。御名（おんな）が高く聞こえて、拙僧（せっそう）も嬉しゅうございます。こちらへは筆を休めに来られたのですか」

「さようです」

小川のせせらぎを聴くように、明信との会話は心地よかった。旧知の心やすさも手伝って、藤式部は知らず知らず、創作の苦労を口にした。

「ようやっと、源氏の物語の一区切りがつきました。少し休んだら、再び新しい巻を書こうと思っているのですが、今回は知恵が尽きてしまったのか、次なる案が浮かびませぬ。こちらに参籠して、観音さまに何か知恵を授けていただこうと思って参りました」

「さようでございましたか。それなれば、お祈りを終えられた後、淡海（おうみ）の湖（うみ）を望む坊へご案内しましょう。そこからの眺めはたいそううつくしゅうございます。明媚（めいび）なる風光をご覧になれば、格好の気晴らしとなりましょう」

藤式部は大いに気をそそられた。明信はこうも付け加えた。

「それに、そちらの坊からは、湖面に映る月も見ることができます。こちらも珍らかなる景色なれば、物語の妙案を得られるやもしれませぬ」

話を聞くうちに、瞼に幻のように美しい湖面の月が浮かび上がった。藤式部は是非その一景を見たくなった。そのことに心奪われたため、明信の最後の一言を聞き逃した。

「ただ湖が見える坊には、先日来参籠されている女人が時折お出でになっていま す。なれば、もしかしたらその方と行き合われるやもしれませぬ」

伽藍山麓に建つ石山寺の坊には、湖から心地良い風が吹いていた。深更の湖面の月は、明るい藍色の波間に浮かぶようにたゆたった。

幻想的な夜の美しさは、藤式部の心を癒やした。

覚悟したとはいえ、自分の子が入れ替わって皇子となっていることが頭から離れることはなかった。創作に没頭している間は気が紛れたが、離れるとすぐさま頭をもたげた。否、執筆している最中さえ、物語中に登場させた不義の皇子の場面になると筆が重くなった。

——あのようなこしらえをしなければよかった。

光源氏と藤壺の密通によって生まれた不義の子が、桐壺帝の皇子として育てられ春宮となる設定は、かなり早い段階から決めていた。これを描いた当時は、まさか自分の子にそうした状況が降りかかるなど思いもしなかった。

道長はああ言ったが、本来その地位にあるべきでない者には天の怒りが下ることがこれまでの歴史を鑑みても再々あった。我が子に天の怒りが降りかかりはしないか、気がかりだった。

——このままではいけない。でも、どうすればいいのだろう。

また気持ちが重くなった。

簀子脇の前栽には、叢の間に、こぼれた月影のような蛍がわずかばかり飛び交った。

藤式部は、その風情に思わずため息をもらした。夏の夜の風情を描いた名文を何かで読んだような気がした。

——あれは、何の文章だったか。

思い出せそうで思い出せないもどかしさを感じた。

その時、誰かが前栽の陰から坊の方へ歩み寄る気配がした。そっと息を殺すと、その誰かは、立ったまま月を見上げた。

「夏は夜　月のころは、さらなり」

女人のほそい声が、ゆるやかに誦じた。

ああ、そうだった、と藤式部は思い当たった。藤式部の声が女人と和した。

夏は夜　月のころはさらなり
やみもなほ　蛍の多く飛び違ひたる
また　ただ一つ二つなど
ほのかにうち光りてゆくもをかし

これは、言わずと知れた枕草子の一節だった。

夏の夜の興趣を、こんなに短くこんなにうつくしく著した文を、藤式部はほかに知らなかった。

「ご唱和下さいまして、ありがとうございます。もうずっと以前に書したものなので、覚えておられる方がいるとは思いませんでした」

月の明かりが、声の主の姿をあらわにした。道長と同じくらいの年齢に見えた。

簡素な青鈍色の衣が優婉だった。

「水面に映った月を取ろうとして亡くなった唐の詩人がおりましたが、それもまことと思える今宵の月ですね」

そう言って女人はこちらを見やった。藤式部は、この女人が誰だかはっきりと分かった。

「あなたさまは、亡き定子さまに仕えておられた清少納言の君ですね」

「なぜ、そう思われますか」

「唱和した枕草子の一節を、ずっと以前に書したとおっしゃったではないですか。それにその白楽天の逸話をご存じの女人はそう多くはございませぬ」

藤式部の指摘に、清少納言は動じないでうなずいた。

「さすがは源氏物語をものされた藤式部の君ですね」

「なぜ、そう思われるのです？」

そう聞いて藤式部は赤面した。先ほどの清少納言と同じ問いをしてしまった。清少納言は微笑んだ。

「枕草子をそらんじたうえ、そんな漢籍の知識を持つのは、後宮広しとはいえ、私の外にはあなたしかいないからですよ。源氏の物語を読めば分かります。いえ、漢籍から引いた表現などは、あなたからしたらほんのお化粧に過ぎないでしょう」

　清少納言はちらりと藤式部を見やった。

「清少納言さまは、なぜ此方(こなた)にいらっしゃったのですか？」

「……叶えたい願いがあるからです」

　藤式部は、いつか為時と枕草子の話をした時、石山寺の名が出たことを思い出した。為時は、石山寺の観音が、望みを意のままに叶えてくれる如意輪(にょいりん)観音だと語った。

　藤式部が口を開く前に、清少納言が尋ねた。

「こんなところまでお出でになるとは、きっと創作にお悩みなのですね。不義の帝の皇統は絶えねばならないとお考えなのでしょう？」

　聞かれたのは、あくまで物語のこれからの筋だった。しかし藤式部はぎくりと息をのんだ。

　石山寺の観音に祈ったのは、物語の新案だけではなかった。その実、願いたいのは実子の偽の皇統が続かないことだった。実子に子が出来ないことを願う、そんなことを祈るのは親としてどうかしていた。しかし、もし本当に偽の皇統が続けば天変地異が起こり、我が子の命も危うくなる。漢籍の史書がそうした例を幾つも伝えていた。

藤式部は、密かに青ざめた。夜の暗さで、その様子まで見えていないはずの清少納言が、ふっと息を吐いた。

「不義の帝が、ご退位後に皇子女がお生まれになれば、皇位の継承順はかなり下になります。よほどのことがない限り、御子は帝位は継がれず皇族の一人として穏やかな人生を送ることになります。まあ、物事の栄えばえしさはなくなりますが、それが穏当なところでしょうね」

清少納言の示した筋書きは、藤式部にはなかった考えだった。退位後も子供の人生は続いていくと気づかされた。

「文には人を動かす力があります。清少納言さまが仰るようになったらよろしいですね」

清少納言はどこまで気づいているのか、腹の探り合いのような会話が続いた。

「それにしても、清少納言さまも読んで下さったとは思っておりませんでした」

「これほど都で流布しておるのですから」

清少納言は微妙な表情を浮かべた。後発の流行作品に対する嫉妬かとも思えたが、そんなわけではないようだった。

「わたくしだけの力ではありませぬ。道長さまのご支援を頂いているからでございましょう」

「それは、そうでしょうね。よき草子や物語はよき支援者と読者がなければ生まれません」

清少納言は独り言のように呟いた。

「藤式部殿、物書きの女房のよしみでお教えしましょう。あなたは使い捨てられてはなりませぬよ、私のように」

「使い捨て？」

聞き捨てならぬ言葉だった。

「清少納言さまが使い捨てられたと仰るのですか？　なぜそんなことを……。あなたさまの枕草子は、定子さまがいかに優れ、今上に愛されておいでだったか、余すところなく伝えているではありませぬか」

「それは、昔の話です」

「なれど、また近頃よく読まれているそうです。定子さまのすばらしさを懐かしむ人が多いようです」

それは本当だった。藤式部自身は、父為時を介して大分以前に読んだことがあったが、近頃また宮中で出回っているようだった。

「近頃とは？」

「昨年か一昨年頃からです」

「……二の宮さまがお生まれになったあたりですね」

清少納言は謎を掛けるようこちらを見た。月の映った清少納言の眼は何かを訴えようとしていた。

藤式部はその眼を正面から受け止め、考えて気づいた。

定子後宮の魅力が今また取りざたされるということは、貴族たちに定子のことを思い出させたい人間がいることを意味した。それが、二の宮生誕と関わるとなると妙な気がした。

「清少納言さまは、卓越した定子さまを母とする一の宮さまを称揚しようとする動きがあると仰りたいのですか？　枕草子を利用して？　そんな……」

仮に、その動きが定子の兄伊周卿の周辺から出ているとすれば辻褄が合う。しかしながら、それは、きわめて政治的な匂いのする話だった。

枕草子が今また多く読まれれば、一の宮は、優れた母を持つ英邁な皇子だという雰囲気を作ることが可能だった。それは世間が一の宮へ期待を抱くことに繋がった。

「私が枕草子を書いたきっかけは、今上が定子さまへよい料紙を賜ったことでした。たしかに、定子さまから求められるままに、後宮の美質を記し留めましたが、今になってこんな風に使われるとは……」

清少納言は袖で表情を隠したが、その声に悔しさがにじんだ。

「枕草子は、もう私の手を離れました。私がどうこうすることはできません。私ができるのは、観音さまに祈り、あの世におられる定子さまに一の宮さまのご加護をお願いすることぐらいです」

清少納言の参籠の目的は、かつての自作を勝手に政治利用されることへの怒りが根底にあった。

「なぜ、そんなことをわたくしに教えて下さるのですか？」

藤式部は、物書きの女房のよしみでというのは口実だと感じた。

「それとも、わたくしが、定子さまと敵対した彰子さま方の人間なので、非難されているのですか？」

「いいえ、違います」

清少納言は強く言い切った。

「あなたの物語は、まだ間に合うからです」

藤式部は言葉を失った。自分の物語すなわち源氏物語が、何に使われるというのだろうか。

「源氏の物語のことを仰っているのですか？　何かに利用されると？」

たしかに、彰子が二の宮を懐妊するまでは、今上の気を引く道具だったこともあった。道長本人や読者は光源氏を道長のことだと思っていたし、彰子の後ろ盾だったので、その繁栄を描いた。しかしそういった役割はとうに終わり、今は単に人気の物語として貴族間で広まっていると思っていた。

「わたくしの物語はもうただの物語なので、そんな心配はございません」

「油断してはいけません。道長公は老獪な方です。高価な料紙を長年にわたって大量に融通して下さるのが、ただの好意からとお考えなら、甘うございますよ。政治というのは、私たちが考えるより、もっと色々なものを利用するのです」

宮廷女房として、藤式部よりはるかに多くの政変を目の当たりにした清少納言の口ぶりは真に迫っていた。

「今の春宮さまとて、道長公ご自身とは縁の薄いお方です。実のお孫さまが生まれた今、あの方が悠長に構えておられるとは思えませせぬ。この先どうなることやら」

今の春宮居貞(おきさだ)親王は三代前の冷泉(れいぜい)帝の皇子だった。母は道長の長姉だったが、早くに亡くなり、末弟の道長とはあまり親交がなかった。

――道長さまは、何に自分の物語を利用すると言うのだろう。

清少納言が何を言いたいのか、藤式部はさらに尋ねようとした。

その刹那(せつな)、坊の入口で明信の声がした。

「お夜食などをお持ちいたしましたよ」

藤式部の気が一瞬逸(そ)れた。気づくと清少納言の姿は消えていた。

「藤式部殿、いかがされましたか」

明信は清少納言に気づかなかったようだった。

藤式部は、脱力したように水面(みなも)の月影に目を落とした。

月は大分動いて、湖面の端に浮かんでいた。先ほどと変わらずうつくしく映じていたが、今の藤式部には、そのゆらめく影は月をかたどった空(むな)しい形代(かたしろ)にしか見えなかった。

三

参籠が明け、都に戻る際、明信が同行することになった。都の総本山に届け物があるとのことだったが、藤式部はそればかりではない気がした。

明信は未だに、あの月の夜の事件を気にしており、供連れとはいえ微行(おしのび)の藤式部をひとりで帰す気にはならないようだった。ちょうど、あの時の辻にさしかかったとき、東からやってきた一際豪奢な網代車(あじろぐるま)の一行とすれ違った。檜(ひのき)の網代の屋形から、略儀だが高位の貴族だと知れた。

藤式部たちの牛車は道の脇に避けた。暑さの折柄、車の物見窓は開けられていた。そこから車の主がこちらを見やっているのが窺(うかが)えた。

藤式部は、それが道長であることに気づいた。牛車の前簾越しに挨拶をすると、道長は扇をかざしてこちらに合図しながら通り過ぎた。

前簾の横に控えた明信が、車の中の藤式部に尋ねた。

「お知り合いですか？」

「あの方が道長さまです。あちらの方角は、姉君の菩提寺(ぼだいじ)があるので法要から戻られる途中でしょう」

明信は道長の顔を見たのはこの時が初めてだった。にもかかわらず、何やら訝しげな表情を浮かべた。

「どうしましたか？」

「どこかでお見かけしたことがある気がするのです」

そう言ってしばらく車が去った方向を見ていたが、ついに思い出せない風だった。

明信と別れた後、藤式部はまたも気が滅入った。偶然すれ違った時の道長の、物言いたげに扇を煽いださまを思い出した。おそらく、早く次の章を書き始めよと催促したいのだと察した。

果たして、その夜、道長は密かに土御門第に藤式部を呼び寄せた。倫子も彰子も今は内裏におり、土御門第はどことなく閑散としていた。藤式部は、道長に言われた通り、一見自分と分からないように変装して、邸の端の東釣殿へ忍んでいった。

月は出ていたが、蒸し暑い夜だった。

庭の大池の上に張り出すようにして建造された東釣殿は人払いがしてあった。少し離れた廊の上から、篝火が一つ焚かれた。東釣殿にはその明かりが水面に反射した光がゆらゆら映じた。

「ずいぶんゆっくりしておるようだな。骨休めもよいが、職分を忘れるな」

「畏れながら、中宮さまのお許しは頂きましてございます」

「中宮が許されても、そなたに実質の支援をしているのはこの私だ。間違えてもらっては困る」

道長は不機嫌を隠さなかった。藤式部は逆らわず平伏した。

「それで、新しい章はどう書くつもりだ」

「はい、物語の中で新しい帝の御代となっておりますので、また新しい趣向にしようと存じます」

「そうか。弥増す栄華を期待しておるぞ」

道長はずけずけといいながらも、どこか心ここにあらずだった。手にした扇を煽いで咳払いを一つすると、何気なさそうに切り出した。

「ところで、その新しい帝だが」

物語中の新しい帝とは、光源氏と藤壺の不義の子のことだった。本文中ではまだ「主上」と呼ばれていた。

「つまるところ、なんという名でお呼びするつもりだ」

「御名(おんな)にござりますか」

源氏物語に登場する帝は、在位中は全て「主上(うえ)」「内裏(うち)」などと呼ばれたが、退位の後は「桐壺院」「朱雀院(すざくいん)」など、登場する巻や住んだ邸の名を付けて呼ばれた。話の新展開ばかりを考えていた藤式部は正直に答えた。

「まだ、そこまで考えておりませぬ」

「そうか。ならば」

道長はもう一度咳払いをした。

「冷泉の帝ではどうか」

「冷泉の帝、にござりますか」

藤式部は思わず聞き返した。それは予想外の呼称だった。

冷泉帝は三代前の実在する天皇だった。第六十二代村上帝を父とし、四十年ほど前に十八歳で即位した。春宮(とうぐう)時代から奇矯(ききょう)な振る舞いが噂され、補佐として関白がついた。在位期間は二年余りで、この時はまだ院として存命だった。

藤式部が訝(いぶか)しむのも無理はなかった。

冷泉帝といえば、容貌(かたち)の美しさが知られた帝だった。しかし一方で、足を痛めたにもかかわらず一日中蹴鞠(けまり)に興じていたとか、内裏の小屋の屋根に登ったとか、にわかには信じがたい噂が、若い頃から伝えられた。陰では物狂いという者もいた。

藤式部自身は、冷泉帝を直接知るわけではなかったが、宮廷社会においてどんな目で見られているかはよく分かっていた。

「何故にございますか」

道長は、扇をもてあそび篝火に目を逸らした。

「冷泉帝はうるわしさを以て聞こえた方だ。光源氏と藤壺の間に生まれた帝にふさわしいとは思わぬか」

「それは、さようにございますが……」

あえて、よからぬ印象のある名を選ばなければならない理由とは思えなかった。

「冷泉院はまだご存命にておられます。そのお方の御名を、私ごときの物語の中でお借りするのは畏れ多うございます。今少し考えさせていただけないでしょうか」

藤式部はやんわりと断るつもりだった。まだ、不義の帝の呼称は考えていない。これから物語が展開する中でもっともふさわしい名を思いつくかも知れなかった。

けれど、そんな思惑はあっさり否定された。道長は扇を音高く閉じ、藤式部を見据えた。

「私がそなたの支援者であると申したではないか。私がこうと決めたからには、そなたにどうこう意見する余地はないのだ」

　意外なほど道長は強硬だった。

　藤式部は違和感を覚えながらも粘った。登場人物の印象を左右する大切な呼称を、支援者だからという理由で勝手に決められてはたまらなかった。

「なれど、御名には意味がございます。よくよく考えて決めませぬと」

「意味があるなど当然だ。そなたが賢(さか)しらに申すことではない」

　道長は藤式部を憤然と遮(さえぎ)ると、そのまま立ち上がった。まるで、この話はもう終わりと告げるかのようだった。

　道長は足音も高くその場を去った。藤式部は、燃え残った篝火のように、茫然と水の上の殿(との)に取り残された。


　その後何回か、藤式部は道長との接触を試みた。しかし、道長は宮中づめで多忙を理由に会うことを断った。

　実際その頃から今上の体調が思わしくなく、多くの貴族が参内(さんだい)して病状を見守った。

　一方、中宮彰子は二度目の懐妊を迎えた。藤式部は、道長の命令について相談したかったが、彰子の体調を考慮すると、余計な心配をさせない方がいいと考えた。今はまだ、自分の胸の中に抱え、時期が来るまで、物語をゆっくり進展させようと思った。

石山寺の明信が、再び所用のついでに訪ねて来たのはそんな折だった。ちょうど里居を切り上げた藤式部は、後宮内の自分の局に密かに通した。

月の出た頃、帰りしなに明信は思い出したように尋ねた。

「小姫さま、先日石山寺からお帰りの折、往来にて行き合いました方ですが」

「ええ、道長さまのことですか」

「さようです。以前何処かでお見かけしたことがあるようで気になっておったのですが、ようやく思い出しました」

明信は、喉につかえた小骨が取れたようなすっきりとした顔を向けた。

「二度も石山寺からの帰りにお会いなさるなど、小姫さまはあの方と仏縁で結ばれているのかもしれませぬよ」

「二度も？」

藤式部は怪訝（けげん）に思った。道長と往来で行き合ったのはあれが初めてだった。

「明信殿、誰かとお間違えではありませぬか？　二度も行き合ったことはありませぬ。私自身、あの往来を通ったのは宮仕えに出てから初めてです。その前は、そう、娘時分に一度石山寺へ行った帰りです。でも、あの時は夜でした」

藤式部は忘れかけた記憶をたどった。明信は我が意を得たりとうなずいた。

「その夜ですよ。まさしくあの辻で、あの方にお会いしたではありませぬか」

「あの辻で？　いいえ、違います。帰りが夜遅くなって洛中を回って帰ろうとなり、あそこへさしかかったところ、盗人に襲われかけた気がします」

言いながら藤式部は身震いした。誰かに鋭い目で睨みつけられたことを思い出した。明信はおかしげに笑い出した。

「反対ですよ、小姫さま」

「反対？」

「あの夜は、あそこの辻が封鎖されて通れなくなっていたではありませぬか。そこへ、小姫さまたちが通りかかられて、押し問答となったのです。惟規（のぶのり）さまや私が行成さまとちょうどお迎えに上がったところで封鎖が解け、家へ帰るなら警護を付けてやるとなったのです」

明信の説明を聞いて、二十年以上前のあの夜のおぼろげな光景が蘇った。たしかに、夜陰を驚かすような一行に遭遇して、てっきり盗人の集団だと勘違いしたのだった。

「あの時の公達(きんだち)はたいそう鋭い眼をしておいでででした。あのような目つきの方はなかなかおられませぬ。先日、車の物見から扇越しにこちらをご覧になった目元がどうしても気になっていたのです」

「そんな、でも……」

藤式部はなおも言いつのろうとした。なぜだか、あの夜あそこにいたのが道長だと信じたくない気持ちだった。明信はしみじみと吐息をついた。

「あのような日の夜に、若き道長公に出会ったというのも、お二人の縁(えにし)の深さを感じますな」

あの日の夜。

ようやく藤式部もはっきり思い出した。あの夜は月が不吉なほど強く輝いた。謎の公達は、理由も告げず辻を封鎖し、理由も告げず去って行った。

あの公達の目的が何だったかは未だに分からない。ただ、あの日が、藤式部とその父の運命に大きく関わった時だったのは確かだった。

「花山院(かざん)さまが御出家なされた夜でしたね」

明信は感慨深げに手許の念珠(ねんじゅ)を手繰った。

藤式部の脳裏に、あの夜の公達が浮かび上がった。馬にまたがったままの大柄な姿で、鋭い眼をこちらにくれた。

そこにもう一つの顔が浮かんだ。篝火の明かりが映じた道長の顔だった。頭の中で二つの顔はじわじわと互いに近寄った。そして、ぴったり重なった時、それぞれの眼が完全に一つになった。

四

今から二十三年前、寛和二（九八六）年六月二十二日夜に発生した花山帝出家事件は、「寛和の変」と呼ばれる政変だった。

花山帝の突然の出家によって、その後即位した今上の外戚だった道長一族は朝廷の実権を握った。道長の栄華の階梯はそこから始まったと言ってよかった。

藤式部は、花山帝が出家したのは、そもそも寵妃が急逝した悲しみのためだと聞かされていた。花山帝は父の冷泉帝に似て感情の起伏が激しかった。加えて当時十九歳という若年で、一時の感情に任せて出家したと伝えられる。

当時の蔵人頭は道長次兄の道兼で、彼が花山帝の手を取るように出家へ誘導したと人々は噂した。むろん、黒幕が父の兼家であることは衆目の一致するところだった。道兼や長兄道隆は、父の指示に従って計画を実行したのだった。

ところで、当時道長は何をしていたかというと、兄たちに比べてこれという働きはなかったと、道長自身から藤式部は聞いたことがあった。道長はその時二十歳そこそこで、「特段自慢するような役目は任せてもらえなかった」と不満げだった。

この時、藤式部の父為時は、式部大丞(しきぶのたいじょう)という花山帝の側近だった。この事件さえなければ、まだまだ宮中の中枢で活躍できた人材だった。それからすると、藤式部にとって、兼家流一門の道長は旧敵でもあった。

道長が例の事件に関与していないことは、どちらかというと藤式部にとっては救いだった。なればこそ、わだかまりを捨てて道長の娘である彰子に仕えることができた。

しかし、事件当夜に遭遇した公達が道長であるならば、その前提は崩れることになる。

藤式部は、明信の言葉を思い返した。

——あれから随分後になって耳にしたことには、あの夜、関白殿の元へ帝御出家のご報告に行かれたのは道長公だということでした。我らと別れた後、赴かれたようです。

そういえば、あの時、どこからか使いがやってきた。公達が去ったのはそのすぐ後だった。

――使いが来たのは、我らが来たのと同じ方角ではなかったか。

今思い返せば、その方角にあるのは、帝が出家を遂げた山科(やましな)の元慶寺(がんけいじ)だった。

藤式部は眼を閉じた。あの時見上げた月は、何かを懸命に訴えていたとようやく分かった。自分のすぐそばをかすめていった歴史的事件の深刻さが胸を差した。そして、道長はその意味を十分すぎるほど理解していたにちがいない。

なぜ、道長は自分に対し、事件と関わりがない振りをしたのだろうか。

しかし、それは今さら聞いても詮(せん)ない気がした。たとえ、聞いたとしても「関わりがあったなどと明かしたら、そなたは我が家に仕えなかっただろう」と、人を食った笑みで答えるだろう。

あの男は、自分の書く物語、そして物語を書く自分が欲しかったのだ。きっとどんな手段を用いても、自分を手に入れただろう。どんな手段を用いても、権力を掌握した彼の父と同じように。

――どんな手段を用いても。

はたと、藤式部は思い出した。石山寺で出会った清少納言が同じようなことを言っていなかったか。

――政治というのは、私たちが考えるより、もっと色々なものを利用するのです。

彼の女はそう言った。道長は、何を利用しようというのだろうか。

道長の父兼家が陥れた花山帝は、兼家一門と姻戚関係がなかった。

貴族社会は、二代も遡ればどこかしらと繋がっており、全体が大きな親族ということもできた。ということは、言い換えれば少しでも関係が薄くなれば、赤の他人同然でもあった。

極端な話、同腹の兄弟同士でも、利害関係が生じれば敵味方に分かれた。そうなれば兄弟よりも親子が優先された。親子でも親と反りが合わないで親疎が生じる場合もあり、誰と組むのかは個々の状況に依った。現に、父兼家とともに動いた道長たち兄弟は、兼家死後、おのおの権勢を伸ばすことに専心した。定子と彰子はそもそも従姉妹とはいえ、彰子が入内するまで会ったこともない間柄だった。

そんな親族関係に皇位が絡むとどうなるか。

藤式部は、戦慄を禁じ得なかった。どんな英邁な帝でも、また将来を嘱望された親王でも、本人の資質と政略は関係がなかった。四十年前の安和の変で失脚した源高明すなわち高明親王のように、政変に巻き込まれたのは、むしろ優秀と期待された皇子が多かった。

文事にも秀でた高明親王の悲劇は、当時生まれていなかった藤式部も父からくり返し聞かされた。

——否。

藤式部は思い至った。

ひとり高明親王のみならず、失脚したり悪評が伝わる帝や皇子は、本当は優れた人たちだったのではないか。物狂いとして誹られる冷泉帝の真の姿を、果たしてどれだけの人が知っているだろう。

藤式部は、冷泉帝の和歌を読んだことがあった。率直で温かい大君ぶりの歌風だったと記憶している。

我にあらぬ人の手向くるぬさなれど
　祈りぞ添ふるとく帰れとて

父村上帝への文に陰茎の絵を描いたといわれるが、聞けば冷泉帝が五歳の時の話だった。その話とて、誰がその文を実際目にしたというのか。

嘘かまことか分からぬような乱暴狼藉の逸話もあったが、それを聞いた時、藤式部は既視感を覚えた。唐土の史書に載る殷や夏の後主（王朝を滅亡させた末代の王）たちの伝説にそっくりだったからだ。

――誰かが意図的に、陥れたい帝の印象を貶めている。

帝は、九重深く雲居の遠くにいる存在で、その実の姿を知る者は存外少ない。そして貶められた印象を、自ら直してまわることはできないのだった。

――それを利用して、自己のために謀ろうとする者がいる。

藤式部は、重大なことに気づいた。

冷泉帝について事実と思われることを思い出してみた。その和歌は、大らかな詠みぶりだったこと。歌を歌うことも好きだということ。寒そうに仕える者に、自らの衣を与える人だということ。そして、うつくしい人だったということ。

数え上げると、いわれていたのとは異なる姿が浮かび上がった。一体、どちらが本当の姿なのだろうか。

もう一つ、藤式部は冷泉帝について思い出した。冷泉帝は、即位当初、天皇親政の意欲に燃えていた。

自らの手で、政治や朝廷の改革に乗り出す意欲があったと父から聞いたことがあった。何故父が語ったかというと、冷泉帝は父為時が仕えた花山帝の父だったからだ。そして、息子の花山帝も、政治の改革を断行しようとした。どちらの帝も、治世は二年ほどの短さだった。

花山帝が出家した時、貴族たちは驚いた一方で、その情動的な行動を批判した。帝たる者が感情に左右され過ぎだと眉をひそめた。あの冷泉帝の子だから感情的なのは仕方ないと、したり顔でいう者もあった。

それは一見もっともな意見だった。感情的なのも情動的なのも嘘ではなかった。しかし、出家に至ったのはそれだけが本当の理由だろうか。誰かが本人の性格を利用して出家するように仕向けたのではなかろうか。

なぜなら、帝は退位しなければ出家できないのだから。

――親政の意欲を持った帝は二人とも早々に退場させられた。

そう考える方が自然だった。しかも、二人は親子、つまり同じ皇統だった。

冷泉―花山皇統に消えてもらうと好都合なのは、他の皇統を奉じる一派だった。

冷泉帝の次の円融帝は、弟宮だった。花山帝の後の今上は円融帝皇子なので、花山帝から見れば従弟に当たり、もはや兄弟より遠い関係だった。つまり、現在は円融―今上（一条）皇統の時代だった。

ここで藤式部は、はたとつまずいた。そうはいっても、現在の春宮（とうぐう）である居貞親王（おきさだ）は冷泉帝第二皇子だった。花山天皇の異母弟であり、すなわち冷泉―花山皇統に連なる人物だった。

このまま御代替わりをすれば、再び冷泉皇統の時代となる。そんなことを、兼家の息子である道長が手をこまねいて見ているだろうか。

――不義の帝の御名は冷泉帝でどうか。

道長の声がよみがえった。

とたんに頭の中に篝火が浮かんだ。藤式部は、あっと叫びそうになった。あの時は、道長がなぜあえて源氏物語に冷泉帝の呼称を持ち込もうとするのか理解できなかった。たとえ不義密通の末に生まれたという出自でも、その呼称がふさわしいとは到底思えなかった。

自分が名には意味があると抗（あらが）ったあの時、道長は何と答えたか。

――意味があるなど当然だ。

道長は、まさしく名の意味を十分承知して、不義の帝に用いるように迫ったのだ。

藤式部は確信した。

光源氏の隠し子である帝は、読者から否応なく注目される重要な存在だった。不義で生まれたその子に「冷泉帝」の名を付けることで、さらに悪い印象が加わるはずだった。

むろん架空の話の絵空事(えそらごと)に過ぎないが、これまで以上に冷泉帝という名そのものを毀損(きそん)することになる。

道長の狙いはここにあった。

冷泉帝の名が傷ついて最も痛手となるのは、その血を引く者なのは自明のことだった。中でも、最も立場が悪くなる者、それは春宮居貞親王だった。

清少納言の言った通りだった。藤式部は慄然(りつぜん)とした。

藤式部は土御門第に道長を訪ね、真意を問いただした。本意に気づかれた道長は渋面(じゅうめん)を作った。

「何だ、そんなことか」

今頃気づいたか、とでも言いたげだった。

「あまりに汚いではありませぬか。源氏の物語まで用いて春宮さまを引きずり落とそうなど。そこまでしなくても、いずれ若宮さまも帝になられる時がくるでしょう。それまで、なぜお待ちになれないのですか」

「そなたは甘い。女房風情に私の気持ちは分からぬ」

「分かりませぬ！」

「昨年、彰子の御殿が焼けたのを忘れたか！」

藤式部はぐっと詰まった。

昨年の火事を忘れるはずがなかった。二の宮が生まれ産養（うぶやしない）が一段落した頃、突然御殿に火の手が上がった。彰子も二の宮も怪我一つなかったのが不幸中の幸いだった。

「あれは、誰かの火の不始末という話でしたが」

「不審火というものは、不思議と焼けて欲しくないところばかりに、火の不始末で起こるものだ」

「そんな、まさか……」

藤式部は強く反駁（はんばく）できなかった。これまで宮中勤めをしてきた身には、道長のいうことがあながち大げさでないことも肌で感じていた。

「一歩間違えれば、彰子も二の宮も死んでいたのだぞ。我らがいる世界は食うか食われるかなのだ」

言わずもがなの事実だった。

確かに今は、いにしえの奈良の御代のように、政敵に突然邸を取り巻かれ、縊死しなければならないような時代ではなかった。しかし、やっていることは実質的にその頃と大差なかった。その事実を、みやびな衣で覆い隠しているに過ぎない。

藤式部は唇をかみしめた。それでも、自分の物語が政争の具に用いられるのは耐えがたかった。

「わたくしは、そんなことのために物語を書いてきたのではありませぬ」

自分が物語を書いたのは、読者を喜ばせ、才ある者として認められたかったからであった。描きたかったのは、止むにやまれぬ気持ちに翻弄されながらも、懸命に生きようとする人たちの運命だった。

「女子供のなぐさめのためだけに、贅沢な支援を続けてきたと思うか。貴族は、何事を為すにも家門の繁栄に資するものでなくてはならぬ。そなたとて、そのことを自分の物語でくり返し書いたではないか」

道長は自分の言葉を微塵も疑っていなかった。追い打ちをかけるように言う。

「源氏の物語は、私の意向が反映してこその物語だ。それが嫌ならば、書くのを止めてもらおう」

藤式部は打ちのめされた。

自分がしてきたことは何だったのだろうと、身が砕ける思いだった。描いた恋愛も栄華も華麗さも、夢より空しい独りよがりだったと思い知らねばならなかった。

第五章

一

二児の母となった彰子（しょうし）に会うのは久しぶりだった。彰子は、二の宮出産の翌年、年子の皇子を産み、押しも押されもせぬ母宮どころとなっていた。

藤式部（とうしきぶ）は、一段と貫禄の勝ったかつての少女を眩（まぶ）しげに見つめた。

今日は暇乞（いとまご）いのつもりで参上した。

「わたくしは、おろかでした」

どこからか乳幼児たちの声がかすかに聞こえた。幼き者の安寧（あんねい）を願って大それた罪を犯してしまったことは、取り返しようがなかった。

ただ物語を書いていただけなのに、どこから間違ってしまったのだろう。自分に問うても、答えは返ってこなかった。藤式部はうつろな目を伏せるだけだった。

「わたくしにできることは、もうありませぬ。彰子さまにお仕えする理由も、もうないのでございます」

源氏物語が、政治に利用されるために書かされたものだとしたら、もう続けていくことはできなかった。父のため、子のため、何より自分のため、精根込めて形づくったと思ってきたのは幻想だったのだ。

藤式部は周囲を見渡した。初めて参内したのはほんの数年前だった。その時、後宮はおびただしい灯火に燦然とかがやき、諸国の献上品や唐土から渡ってきた貴重な舶載品で贅沢に飾られていた。その最奥でかしずかれる彰子に対面し、雪中の花のような純粋さに感動した。その人のもとで、物語の女房として仕えるのは、この上ない幸せだった。仕える中で、身の上に起こった様々なことは、そうなる定めだったのだと、胸に収めてきたつもりだった。

でも真実を知ってしまっては、ここにはいられなかった。

「あなたは、宮中から去ろうとしていますね」

彰子は、藤式部が何を言おうとしているか分かっていた。痛ましさに心を痛めた眼差しだった。

「先日、文を貰って驚きました。突然、源氏の物語を打ち切りたいなどと、尋常のことではありませぬ」

道長と面会以降、藤式部は筆を執ることができなくなった。これから書く物語は、父の恩人に連なる人を貶め、道長の欲望に従事する道具になり下がることははっきりしていた。藤式部は、自分の気持ちを枉げてまでそんな創作に手を染めることはできなかった。残された道は、宮中を去ることだけだった。

藤式部は、黙ったまま御前を下がろうとした。彰子は強く言葉をかけた。

「ここから去ってはなりませぬ」

その凛とした、芯の通った響きは、少女時代には聞いたことがなかった。彰子はまっすぐ藤式部を見つめた。

「父君に何を言われたか知りませぬが、そんなことは私が許しませぬ」

初めて会った時から、周囲の意のままの姫君では終わらない強さを秘めている気がした。その頼もしさの可能性を信じて、育ての役として懸命に打ち込んだ。成長したその姿は、感慨深かった。

――この方は立派に独り立ちされた。

「彰子さま。畏れながら、わたくしの役目は彰子さまに后としての教養をお教えすることにござりました。あなたさまが名実ともに立派にお育ちになった今、その役目は終わったと存じます」

もはや名ばかりの中宮ではない。この方はこの方の考えで、父親と対峙していけるだろう。

源氏物語は頓挫してしまったが、自分が手がけたもう一つの大事なものは実を結んだのだ。

「わたくしは、嬉しいのでございます。紙の上の人物を書くわたくしが、現実のあなたさまをお育てすることができたのですから」

ここを去って静かに暮らそう。それが、過分の幸福に恵まれた自分にふさわしい身の処し方に思えた。

「藤式部。私は、あなたからさまざまなことを学びました。あなたの物語を読んで育ち、人間の心というものを知ったのです。なればこそ、今上のお胸の内が分かるまでになったのです」

かつて亡き定子を愛した今上は、入内から十年以上経った今、彰子をよき伴侶と思っていた。今上にとって、当初彰子は、道長の権勢に押しつけられて入内させた少女だった。決して恥をかかせてはならない、常に気を遣う相手だった。

しかし、彰子は立場に甘えることなく、今上の心情を理解することに努めた。皇族として宮中に暮らしながら、后妃としての教育を受けるうちに、帝の相談相手となるに足る人間性が培われた。

定子のような派手さはないが、元から備わった勤勉で実直な性格がさらに練られ、今上の信頼を獲得していった。

「今上は今、苦慮しておられます。左大臣が春宮（とうぐう）さまのことについて口を挟みすぎるのです」

左大臣とは、父道長のことだった。今上自身は春宮居貞（おきさだ）親王と関係が悪くなかったが、叔父でもある道長が、血縁関係の薄い春宮を弾（はじ）きたがっていることを承知していた。

「道長さまは、春宮さまをお下ろしになろうというのですか？」

「そこまでのことはできませぬ。居貞親王さまが春宮にお立ちになったのは、祖父兼家（かねいえ）が推し進めたことです。自分の父が定めた春宮を下ろすことは自分の権威に傷をつけることに繋がります。なので、下ろしまではせずとも、短い御代で終わるよう画策しているようなのです。帝は、それを知ってもどうすることもできないので、悩んでおられます」

今上は、花山（かざん）帝退位によりわずか七歳で即位した。自分の地位が、母の実家である兼家一門の支えによるものだということは、嫌というほど分かっていた。

しかし一方で、身内の言いなりになる帝ではなかった。異例の一帝二后についても、最後まで逡巡した過去があった。今上は、帝としての在り方を周囲との軋轢の中で常に模索した。彰子はそんな今上を支えようとしていた。

「短い御代で終わらせるとは、手荒なまねをしようというのでしょうか。そんな横暴な」

言いかけて、藤式部は袖で口元を被った。中宮の父に対してさすがに不敬だった。その耳の内に、先日の道長の言葉がよみがえった。

——起きて欲しくないところに、不審火は起こるもの。

たしかに、道長はそう言い放った。

「構いませぬ。その通りですから」

彰子は悲しげに目を伏せた。

「父君は、臣下だという自分の立場を忘れています。自分は決して皇位を継げる立場ではないことを忘れて、それを云々しようとしているのです。そんな傲慢な人間を、天がお許しになるはずがありませぬ」

帝の位さえも、自分の意に添わせることをためらわないその意志はどこから来るのだろうか。道長という人間は、これ以上やってはいけないという限りを持たないように見えた。

「全てを意のままにしようとしても、仮にそうなったとしても、世の無常には抗えませぬ。報いがきっと降りかかります。父はそのことを知るべきなのです」

娘は、父親の行く末を心配していた。

「このままでは父は死後、地獄に堕ちることになるでしょう。私は、そんな父を見たくありません」

——親が子を思うように、いやそれ以上に、子の親への思いがまさることもある。

親は子故の闇に惑う。その惑う親を最も憂うのは、子供かもしれなかった。

「私はあなたを腹心だと思うております。ここで物語を綴り、私を支えて下さい。そして、父を救って下さい」

彰子は、藤式部の手を握りしめた。強く見つめるその瞳は、よく見ると道長の面影があった。

——源氏の物語は、私のことを書いた物語ではないか？　そなたの書いた通りになっていくではないか。

いつか道長はそう語った。言われてみれば、光源氏の栄華をなぞるように、道長の栄耀は重なっていった。

藤式部は、彰子の手を握り返した。しっかりと目を合わせ、力強くうなずいた。

「承知いたしましてございます。彰子さまのために、そして道長さまのために源氏の物語を完成させます」

どんな風に描けば良いのか、どのように光源氏の生涯を閉じればいいのか、道が見えた気がした。

この物語を描ききることが何に繋がるのかは分からなかった。けれども、描いた先には、きっと何かの答えが待っているような気がした。

二

彰子が年子の三の宮敦良親王を産んだ寛弘六（一〇〇九）年頃から、今上の体調は思わしくなくなった。もとより蒲柳の質だったが、ここへきて病に伏せる日が多くなった。三十歳を迎え、重く慎むべき年とされていた。

明けて、寛弘七（一〇一〇）年正月、藤原伊周卿が没した。享年三十七だった。

枕頭に二人の姫君を呼び寄せ、身分に合わない男と縁づくよりは独身を通せと遺言したと伝わった。最後まで、自分が後見たるべき一の宮敦康親王の行く末を憂慮して亡くなった。

伊周の薨去により、一の宮の立坊を積極的に支持する者は、朝堂において今上以外いなくなった。

道長は、かつて彰子が一の宮を養育した過去も忘れ、今や二の宮や三の宮の守り立てに忙しかった。十一歳になった一の宮の元服は一年も遅れた。以前は一の宮と見物した賀茂祭も、二の宮三の宮らと行くようになった。

世間の注目も弟宮たちの方に移った。今上が一の宮のために行うようにと命じた祈禱を辞退する僧まで出るようになった。

今上のおん悩みは、傍目にも分かるほどだった。もし仮に自分が死んだならば、直ちに春宮居貞親王が即位するのは決まっていた。しかし、その次の春宮が誰になるのかはっきりしていなかった。今上の悩みも道長の狙いもそこにあった。

彰子は、今上の意向を理解していた。それは、まず一の宮を春宮に立て、次いで冷泉皇統居貞親王の皇子、その次に二の宮・三の宮という順序だった。これならば、円融皇統の自分たちと、冷泉皇統が交互に皇位を継承し、円滑な両統迭立が可能なのだった。

当年二十三歳の彰子はそれでいいと考えた。自分も宮たちもまだ若く、長幼の序に則って自然な形で皇位を引き継ぎたいという考えだった。

彰子は、密かに父の謀略に乗って天に背く行為をしたことを後悔していた。自分の若宮たちの順になるまで、無理のない立坊や即位が続いてほしいというのが願いだった。

――殊に。

二の宮はすり替えた皇子であり、本来ならば皇位を継ぐ資格のある人物ではなかった。もし、本当に二の宮が即位し、皇統が続いてしまったら深刻な問題が生じてしまう。

そうならないように、彰子は病や忌み(い)などと理由を付けて二の宮の立坊を辞退するか、それが無理でも、可能な限り早く三の宮に譲位するようはたらきかけるつもりでいた。

しかし、赤子をすり替えてまで彰子所生(しょせい)の皇子にこだわった道長は、そんな悠長な計画を考えてはいなかった。

四十半ばを過ぎた道長は、平均寿命の短かった当時、初老の年代だった。

仮に、一の宮が立坊・即位しても後見の伊周卿は既に亡いため、貴族社会に大きな影響は一見なさそうに見えた。しかし、そうかといって、立坊させた後の展開が本当に道長の望み通りになるかは誰にも分からなかった。

伊周は亡くなったが、弟の隆家卿は健在だった。後に大宰権帥として勇猛を奮った隆家に加え、伊周には息男もあった。彼らが外戚として復権すれば、手強い相手になるのは明らかだった。

道長としては、自分が存命のうちに、孫皇子の立坊を確定させ、半永久的に外戚として君臨するその大望を完成させたいと目論んでいた。

今上側近の行成が宮中のそうした状況を知らないわけがなかった。寛弘八（一〇一一）年の春から、今上は、行成に向かって幾度も下問を行った。

下問の内容はいつも、一の宮の立坊が可能か否かの一点だった。まだ三十二歳の今上に死の影は忍び寄っていた。今上は、自分の命のあるうちに、一の宮の立坊を決めておきたかった。

道長は、そんな帝の思いをよく承知していた。自分が一の宮を押しのけようとしても、今上の意志と先例が大きな壁になるのは間違いなかった。

后所生の第一皇子が立坊しなかった例はこれまでにないという事実は大きかった。一の宮への今上の意志も併せて考えると、貴族社会から大きな反発を喰らうことは容易に予想できた。

道長としても、無用な軋轢は避けたかった。

道長は妙案を思いつき、配下の行成を呼び出した。

「今上は、二の宮立坊を、まだお聞き届けにならぬのか」

道長の問いかけは、いつものようにぶしつけだった。にもかかわらず、行成は道長の声音がどことなく上機嫌なのを感じ取った。こういう時は余計なことを言わず、続く言葉を待つ方が賢明だった。

「今上は一天下の主にておわすのだから、世の安寧をお考えになった上でご決断いただきたいものだ。先例は縛られるためにあるのではなく、後の世のためにあるのだ。そう思わぬか」

「……御意にございます」

行成は道長が何を言おうとしているのか、まだ分からなかった。

後世に用いられるべき先例とは何のことなのか。

思案している行成を見て、道長の眼は鋭く光った。

「桓武の帝は、光仁帝の第一皇子であらせられたが、初めは別の皇子が立坊したそうだ。誰か知っているか」

「光仁帝の最初の春宮と申しますと、他戸親王にございります」

その名を出して、行成ははっと身を固くした。

天平の時代、他戸親王は、母井上内親王とともに廃され、謎の死を遂げた人物だった。井上内親王は天武系の血を引く聖武帝皇女という尊貴な生まれだった。血筋でいうと、桓武帝の母よりずっと上だった。

「なにゆえ、他戸親王は春宮の位をお下りになったのだ？」

国史を読んでいる官人なら皆周知のことだった。それは母井上内親王が、夫への呪詛の嫌疑をかけられたからだった。

むろん無実の罪だったが、二人は廃后・廃親王の憂き目に遭った。そして、その後変死を遂げたため、聖武系皇統の血はそこで絶え、桓武系皇統が始まった。

「いつの世にも誤った誣告はあるものだ」

道長は涼しい顔で言った。

行成は言葉を失った。恨みを呑んで死んだ高貴な母子が怨霊となり、その後長く祟ったことはよく知られていた。

「本気で仰せになっているのですか」

道長は、井上内親王・他戸親王親子のように、故定子と一の宮の廃后・廃親王を目論んでいた。

「これくらいのことをせねば、今上はお諦めになるまい。私とて心苦しいが、幸い全くゆえなきことでもないのでな」

道長が言っているのは、一昨年、二の宮生誕ののち、彰子と二の宮を呪詛する事件が起こったことだった。この時、伊周の外戚や縁者が捕らえられ、主犯が伊周であると自白した。伊周は無実を訴えたが、朝廷参内停止の措置が下った。

道長はうそぶいた。

「朝廷がそれなりの措置を取られたのだから、事実無根でもあるまい」

「なれど、すぐに赦免になられたではありませぬか」

他の者も同様に結局許された事件だった。伊周の周りだけが捕らえられたのを見ると、捏造された罪ではないかと陰ではささやかれた。

「それに、あれはすでに決着した事件です。終わった事件を蒸し返して、一の宮さまや亡き定子さまを廃位になさろうというのですか」

后所生という出自が存在するから、先例に縛られる。ならば、不都合な後継者は先例に従って除けばよい。道長が考えたのはそういう方策だった。

「調べれば、ほかにいくらでも見つけられよう。これまで我が家に降りかかった災厄が誰によるものか、本気で探せば出てくるだろう。それに」

道長は、一旦言葉を切って、勝ち誇ったように行成を眺めた。

「そんな誣告が出来すること自体がすでに不名誉だと思わぬか」

行成は激しく頭を振りそうになって、やっと気持ちを押しとどめた。

「ちょうど、此方にも妙な禍が幾度も降りかかった。呪詛やら不審火やら、そうだ、新造なった御殿に犬の頭が置かれた穢れもあったぞ」

楽しみごとを数えるように、道長は指を折った。しかし、行成は驚きと怒りを隠すため、黙って平伏するほかなかった。

生前の定子は、道長の言うような人間ではなかった。今上より一の宮親王家の家司を託されて、行成が仕えた一の宮も、利発で明るい少年だった。

いくら自分が道長一門に属すとはいえ、やれることとやれないことがあった。

——どうすればよいのか。

下された命を実行することが職務だと分かっていた。しかし、こればかりはどうしても阻止したかった。

――人には止むにやまれぬ心がございます。

藤式部の顔が浮かんだ。学問の師為時(ためとき)の娘でもある、あの物語の女房ならば、よい知恵を授けてくれるかもしれなかった。

三

彰子に励まされた藤式部は、創作に集中するため再び石山寺にいた。事情を察した明信は、例の坊に案内し、誰も近づかないように気を配った。それゆえ、藤式部は行成の突然の来訪を全く予想していなかった。

月のない夜更けに訪ねて来た行成は、几帳ごしに笑顔で挨拶した。

「藤壺御殿に伺ったのですがどこにもおられず、ほうぼう探し回りました。此方におられたのですね。お父上の下で共に学んだ昔のよしみで、明信が入れてくれて助かりました」

しかし、その笑顔はどことなくぎこちなかった。

「わたくしは彰子さまのために、源氏物語の新しい章を書こうと、ここにこっそり参りました。ここへ来ればきっと名案が浮かぶと思ったものですから」

「それは奇遇ですね。私も今上のための御祈禱もあって、やって来たのです」

それは偽りではなかった。体調の悪化した今上は神仏に延命祈願をした。併せて密かに一の宮の将来を念じさせた。それは他に洩らしてはならなかったが、行成はまた別に難問を抱えていた。

藤式部は、行成の様子がいつもと比べて落ち着かず、どこかおかしいことに気づいていた。今上が不例の時に、なぜ自分を訪ねてきたのかも不審だった。

行成を黙って見つめると、急に真剣な顔つきに変わった。

「藤式部殿、単刀直入に申し上げるが、今上の御子のことでご相談したいことがございます」

藤式部は内心青ざめた。二の宮の出生の秘密を、行成が知ってしまったのかと身構えた。そういえば、あの時の宇治遊覧には行成も参加していたはずだった。

不義の子が皇子になりすましていると、行成ならば見破るかもしれなかった。もしそれを聞かれたら、だまし通せる自信はなかった。むしろ、全てを打ち明けてしまった方がいいと思えた。

行成に頼れば、何かよい知恵を授けてくれるかもしれない。そう思って藤式部は口を開きかけた。

「今上の御子のこととは、もしや……」

しかし、返ってきたのは、予想外の答えだった。

「一の宮さまのことにござります」

行成は、藤式部の思惑には気づいていなかった。ほっとしたのもつかの間、聞かされた道長の野心は、度を越していた。

「一の宮さまを立坊させたくないからといって、廃位まで企むなどそんなことは常軌を逸しています」

「その通りなのですが、道長公は、二の宮さまが立坊されさえすれば構わないとお考えなのです」

道長は、行成にこうも言った。

「目的が達せられれば、一の宮さまたちをすぐに復位させればよいだけだ」

嘘をついているつもりはないかもしれなかった。しかし実行される保証はどこにもなかった。それに元に戻せばよいという問題ではなかった。

「そんなことで一の宮さまたちが廃位になれば、今上はお立ち直りになれぬでしょう」

そんなことになれば、定子にどう詫びればいいのか、行成は途方にくれていた。

定子の後宮で屈託ない笑顔を見せていた少年の今上が思い出された。その頃から、後見のない自分を蔵人として長年信用してくれた。だから自分は、その人の気持ちに応えようとしてこれまで忠誠を尽くしてきたのだった。

「私は道長公の配下に連なります。本来ならば、ご命令を受けて迷うなどということはあってはなりません。なれど、これればかりはお引き受けできませぬ」

雪の降りしきる夜、実の兄弟の伊周らに送られて定子は旅立った。あの雪のつめたさとかなしさを、行成は十一年経った今も覚えていた。

「中宮さまの廃位だけは、なんとしても避けねばなりませぬ。あの方は、後見を失われて以来、立つ瀬ない思いを幾度もされてきました。なのに、死してなおそんな辱(はずかし)めを受けねばならぬなど、あまりにおいたわしい」

藤式部は、これほど激した行成を見たのは初めてだった。行成は、このとき自分が、亡き定子のことを華やかな時代のままの「中宮」号で呼んだことさえ気づいていなかった。

——止むにやまれぬ気持ちが、ここにもあった。

定子の死に際して、行成は哀傷歌を詠んだ。和歌の不得手な行成が、定子に対して示した精一杯の哀悼だった。

藤式部は尊い何かを見つけたような気になった。行成のような実直な人にもそんな気持ちがあることを知った。

「わたくしは定子さまを直接存じませんが、今でも慕う宮中の人々は多いと聞きます。今上も、密かに夢にても逢いたいとお思いになっていると」

定子中宮は、不遇の最中に内裏を退出し出家して有髪の尼となった。髪をすこし削いだだけの姿だったが、出家後はもう元のように夫婦として逢うことはできない決まりだった。

しかし、今上は尼となった定子を愛し続けた。

行成がぽつりと古歌を詠じた。

君や来し我や行きけむおもほえず
　夢かうつつか寝てかさめてか

伊勢物語・狩の使いの章段に見える和歌だった。

「今上は、時折この和歌を口ずさまれるのです」

在原業平（ありわらのなりひら）が伊勢の斎宮と一夜の契りを交わした時、斎宮から贈られた歌だった。

今上は、彰子が内裏を退出した隙を縫うようにして、俗世を捨てた定子を呼び寄せ、つかの間の逢瀬（おうせ）を持った。道長の圧迫を受け入れながらも、そうやって自らの愛を貫き通した。そのみじかい夢のような逢瀬の結実が遺された宮たちだった。

――いたましい。

亡くなった定子も、愛することを止めなかった今上も、それを見守り続けた行成も、藤式部にとってはいたましかった。現実の人々の愛の姿は酷薄（こくはく）でさえあった。

ここで藤式部は伊勢物語の当該の筋を思い出した。

「狩の使いの段に描かれた逢瀬によって、斎宮がお産みになった御子がおられましたね」

高階師尚（たかしなのもろひさ）はその時の子だと伝えられる。それが定子の母の祖先だった。むろん公的な記録はないので伝説の域を出なかった。

「さようです。定子さまは、業平卿の血を受け継いでおられるので、さすが芸術をお喜びになるご気質だと、皆が申しておりました」

行成は寂しげに思い出した。定子の自然と人を惹（ひ）きつける気性は、たしかに業平譲りなのかもしれなかった。

——業平譲り。

その瞬間、藤式部にある考えが閃いた。思わず大声を上げた。

「それですわ、行成さま」

行成は、突然大声を上げた藤式部に呆気にとられた。常日頃は物静かな藤式部を知っている行成は戸惑った。

「それと申されますと？」

藤式部は、几帳の隙間からも分かるほど眼をきらめかせた。道長の狙いから救ってやれるかもしれないと胸が高まった。

「あなたさまが、伊勢の古歌をお思い出しになったお陰です。もしかしたら、亡き中宮さまや一の宮さまをお救いできるかもしれませぬ」

藤式部は、几帳のすぐ裏側まで近づき、扇で口元を隠しながら、行成に何事かささやいた。

坊の外で、夜明けを告げる鶏鳴がどこからか響いた。

四

藤式部は、石山寺から帰ってすぐ、源氏物語の新しい章を彰子に献上した。その巻々はたちまち後宮から宮中に読み広まった。読者は、藤式部が描いた新しい物語世界に驚嘆した。

藤式部が新しく描いたのは、それまでとは全く異なる源氏物語の世界だった。

主人公光源氏は、豪邸六条院に正妻女三宮（おんなさんのみや）を迎えることとなり、六条院の秩序が崩壊を始める。まず愛妻紫の上は、健康を害してしまう。このため紫の上は養生のため旧邸二条院に移り、光源氏もそちらへ足繁く通う。その隙に、女三宮は柏木（かしわぎ）と密通事件を起こしてしまうのだ。

光源氏の手許に不義密通で生まれた女三宮の子が残され、光源氏は因果応報の報いを思い知る。

その後、源氏の嫡男夕霧（ゆうぎり）の恋愛騒動などが起こり、物語は光源氏の周辺の抑止のきかないところで展開する。

いざこざに疲れた病の紫の上は現世を見限って出家を希望し、光源氏の願い空（むな）しく死去する。

現世に一人取り残された光源氏は、絶望の中、出家の準備をするところで物語は終わる。

以上が正篇であり、後日談が三帖加えられた。

ここに新しく現れたのは、読者が見たこともないほどの憂愁に満ちた物語だった。光源氏の華麗な世界を期待していた読者は、それとはかけ離れた物語に戸惑いを隠せなかった。

しかし、真っ先に讃辞を上げたのは、彰子だった。彰子は最初の読者として物語をすみずみまで熟読した。聡明な彼女は、形だけの讃辞ではなく、藤式部が新しい物語に込めた思いを十分に受け取った。

藤式部がここで描こうとしたのは、めぐる因果への絶望と悟りへの覚醒だった。光源氏の栄華は内部から崩落したが、最後にたどり着いたどん底は、ほんの微かな救済の兆しがあった。

藤式部が絶望の中の救済を感じさせて源氏の物語を閉じたことを、彰子は自分への励ましと受け取っていた。

藤式部は、華麗なだけの世界から脱却した思慮深い人間への理解を示そうとしたのだった。

それは、長年源氏物語を読み続けてきた他の人々も共感できることだった。作者に手を引かれて、読者ももう一段深い人生への省察へ導かれた。

藤式部の創作は道長の支配を脱したのである。

しかし、一人だけ理解を示さない読者がいた。

彰子に新章を見せられた道長は不機嫌を隠さなかった。

「これは、光源氏がどんどん不幸に陥る物語ではないか。まるでこれまでの栄華が全て暗転してくるような。こんな験（げん）の悪い物語など許してはおけぬ！」

彰子は父親を取りなした。

「なれど、父君。よく書けているではありませぬか。これまではこの世の仏の御国（みくに）といわれる世界を書いてきたのです。またもう一度同じような話ではつまりませぬ」

「しかし、これまで栄えていたものが暗転するなど、縁起（えんぎ）でものうございまするぞ」

道長はむきになっていた。

そして道長自身も、なぜ自分がそこまでこだわるのか気づいていなかった。

「こんな物語を読んで、今上が気落ちなさりでもしたらどうするおつもりか」

「今上は、もうお読みになりました。気落ちするどころか、とても感銘（かんめい）を受けておられました」

彰子の言葉に嘘はなかった。帝は体調が悪い時でも、物語を音読させて聴き入っていた。共に聴いていた彰子に向かい
「こんな見事な物語を読んでは、この世を厭い離れることはできなくなりそうだ」

と涙を流した。

道長はいまいましげにあらぬ方を向いた。彰子は、そんな父親をちらりと見やった。

「それに、父君がご注文を付けられた御名も、ちゃんと入っているではありませぬか」

道長はぎくりとした。

「注文などと……、私はただ希望を述べただけでござりまする」

自分の娘とはいえ、皇族で身分が上の彰子に、藤式部に注文を付けたことを知られ、道長は恐縮するしかなかった。

道長が藤式部に言いつけた人物の呼称「冷泉」は、言われた通り不義の子に名付けられていた。正篇ではなく、後日談となる三帖の中だったが、光源氏と藤壺の不義の子は「冷泉」邸に住む「冷泉院」という呼び名になっていた。そこには冷泉院

の、退位後子女に恵まれた日々を送るさまが描かれた。

「父君は、あの登場人物を、どうしても冷泉の御名でお呼ばせになりたかったのでしょう」

道長の真意をなじるように、彰子は父親を見た。

道長はその視線を遮るように咳払いをした。

「どうしてもなどと、ただ希望を伝えただけでござりまする。これまで支援して創作を可能にしてきたのは私だということを忘れてもらっては困りまする。少しぐらいの願い事は構わぬでしょう」

道長はだんだん声を小さくして黙り込んだ。

道長からの支援が途絶えた後、藤式部の創作の支援者であり理解者となったのは彰子だった。彰子は中宮皇后に給される御封（みふ）からそれらを支出した。

むろん中宮になった時からそれは賦（ふ）されていたのだが、親任せだったその頃とは異なり、最近では細かな差配も全て自分で行うようになっていた。藤式部が道長の支配から脱したように、彰子も精神的にも立場的にも父親から脱却しつつあった。

初めて会った日に藤式部が予感したように、彰子は父の操り人形から、今上を支える存在へと成長したのだった。

五

五月に入って、今上はすこぶる重く病悩し、病状は悪化の一途をたどった。一度絶え入ったことがあり、蘇生したものの、本人も周囲も最期の時が近いのを認識していた。

五月末、今上は行成を御前に召した。次期春宮の立坊について最後の下問を行うためだった。

行成が参じた夜寝殿(よるのおとど)は、御帳台の帳(とばり)が下ろされ、周囲の人払いがなされた。彰子さえも側にいなかった。

行成は、褥(しとね)に沈む今上の面瘦(おもや)せぶりに衝撃を受けた。

青白く光る双眸(そうぼう)が、すがるように行成を見た。

「譲位する時がきたようだ。一の宮のことをいかがすべきだろうか」

今上にとって、長年自分が信頼した行成が、最後の頼みの綱だった。一の宮の家司(けいし)を任せ、精勤してくれたこの蔵人頭(くろうどのとう)ならば、きっと自分の気持ちに添ってくれると、一縷(いちる)の望みを託した。

行成も、今上がどんな気持ちで自分を見つめているか痛いほど分かった。ただ、宮廷官僚として客観的に状況を見たとき、今上の望みを叶えるのが困難であることも知っていた。

そして、道長配下の公卿として、道長が一の宮とその亡き母の廃位まで画策し、それに加担させられていることも自覚していた。

一の宮が位を廃されれば、おのずと二の宮が立坊することになる。道長としては、一の宮にこだわる今上を強硬に説得するより、その一の宮が親王位からいなくなりさえしたら、事を荒立てずに運べると考えたのだった。

――廃位だけは絶対に避けなければならない。

行成は唇を引き結び、決然と奏上した。

「畏れながら申し上げます。今上におかれては、この一の宮さまの御事を思し召しになり、お嘆きになることは尤も至極と存じまする。なれど……」

行成は、今上の心情を察した。しかし、心を鬼にして続けた。

「なれど、一の宮さまが立坊されるに当たっては、以下三つの難点がございます」

行成が述べた三つの難点とは次の通りだった。

一つは、皇統を継ぐのは、皇子が正嫡子であるかより、外戚が朝廷において重臣であること。

二つは、皇位は天が決めるものであって、人智の及ぶべきものでないこと。

三つは、一の宮の母定子の血筋が、神事を司る天皇にふさわしくないことだった。

「一つ目は、一の宮さまは朝廷において、権臣と呼べる外戚がおられぬのは周知の事実にござります。そして最上位の権臣たる道長公は一の宮さまをお認めにはなりますまい。二つ目は、百二十年余り前の光孝(こうこう)帝の例がござります。この方は、前代の陽成(ようぜい)帝が廃されたため、老年になって皇位が巡ってきた方です。一の宮さまのご運が強ければこうしたことが起こりましょう」

今上に聞かせているのは、半ば慰めにもなっていない慰めだった。世の趨勢(すうせい)を認識して諦めよと宣告しているのは、ほかならぬ自分だった。

今上は眼を見開いて聞いていた。側近中の側近として誰より近しく召し使った行成が、自分に向かって発する言葉が信じられぬ様子だった。

「亡き中宮の血筋が、どうだというのだ」

行成は唇をかみしめた。ここで心折れてはならなかった。最後にもう一押しの刃を執った。

「お尋ねの三つ目にござります。故中宮定子さまの御母君高内侍さまは高階氏ご出身にあられます」

「それがいかがした」

「高階氏は、在原業平と伊勢斎宮の密子師尚を養子に迎えて家が続いております。すなわち、中宮の御血は、伊勢神宮に仕える斎宮を盗んだ罪人の血ということになりまする。一の宮さまはその血をお引きになります。帝は神事を司るお立場です。神を冒瀆した末裔がその任につかれると、太神宮の怒りに触れるのは必定でしょう」

今上は、瀕死の床から反論した。

これが、藤式部が行成に授けた秘策だった。

「それは、物語の話ではないか」

今上が一の宮立坊を望む限り、道長の廃位の企みが実行されてしまう。そうなると、一の宮は春宮位どころか現在の身分まで剝奪されることになる。その不名誉は絶対阻止したかった。

必要以上の追い落としや辱めを避けるには、今上自身が一の宮の立坊を諦めるしかなかった。

物語の中の絵空事を歴史的事実と同列に語る愚かしさは、行成が誰より知っていた。紛れもなく、言いがかりと言ってよかった。しかし、今上と皇后定子の遺児の名誉を守るにはこうするより他になかった。

そして、そんな話にならない難癖を、最も信頼していた行成から持ち出された事実そのものが、今上を絶望させた。

「本気で、申しておるのか……」

今上は行成を見つめ、茫然(ぼうぜん)と尋ねた。

その問いかけは、行成にというより、自分をそこまで追いつめた何かに対してのようだった。

やがて今上は、血走った眼をそらそうとしない行成の気迫から、その真意を悟った。

「もうよい。次の春宮は二の宮敦成(あつひら)とする……。それで、よいな」

今上は力なく行成に告げた。

行成は言葉を返すことができなかった。あふれようとする涙をこらえ、歯を食いしばった。

亡き定子や一の宮と過ごした日々が思い返された。

そして、全ての感情を押し殺し平伏して言葉を発した。

「一の宮さまの今後については、ご心配には及びませぬ。皇族最高位の一品に叙しなさり、年爵等を増額なされるようご提案なされば、きっとそのご希望が通りましょう」

今上は、空中を睨んだまま、行成の奏上を聞いていた。しかし、行成は、その耳に自分の声が半分も届いていないこともよく分かっていた。

六月二十日、今上は危篤に陥り、同二十二日崩御した。三十二歳だった。

露の身の風の宿りに君を置きて
　塵を出でぬることぞ悲しき

この御製を見て、行成は、帝から定子への思いを詠ったものだと自分の日記「権記」に書きとどめた。

第六章

今上（きんじょう）崩御後、直ちに新帝が即位した。これにより、それまでの今上は一条帝と呼ばれることになった。

新しい今上は、それまで春宮だった居貞（おきさだ）親王だった。居貞親王は、冷泉（れいぜい）帝皇子で、二代前の花山（かざん）帝の弟だった。つまり、今上の即位により、皇位は冷泉皇統に移った。

居貞親王が即位したため、新たな春宮は一条帝の二の宮敦成（あつひら）親王となった。

道長の目指すところは二の宮の次の春宮を三の宮とし、皇統を自分の血脈へと繋ぐことだった。二人の孫皇子が相次いで即位することになれば、道長は両方の外戚となる。

将来、孫である二人の皇子の血脈の間で皇位が行き来すれば、道長一門は、宮廷貴族の中でもっとも皇統に近い存在として抜きんでることになる。それは、兄たちも、父兼家さえも成し遂げられなかった繁栄を意味した。

しかし、二十五年もの間春宮位に甘んじた新しい今上は、自分なりの治政への志を持ち、二の宮の次の春宮についても考えがあった。

むろん道長は懐柔するために、今上の春宮時代に次女妍子を女御として入内させていた。しかし、既に他から入った女御が寵愛され、複数の皇子女も生まれていた。

即位後妍子は中宮に冊立されたものの、他の女御がそれを越えて皇后に冊立された。関係が悪化する中で、妍子は懐妊したが、生まれたのは女児だった。男子誕生による関係改善を期待していた道長は露骨に落胆した。

道長は今上との融和を放棄し、退位への圧力をあからさまに強めていった。内裏には不審火や盗賊が相次ぎ、今上自身も眼病にかかり、政務に支障をきたすまでに悪化した。

その頃から、宮中に、呪われた冷泉皇統への誹謗が流れるようになった。源氏物語の不義密通の子の「冷泉院」も、その際の枕詞のように人々の口の端に上った。

道長は、今上との対立を明確にし弱体化に追い込む一方で、猜疑心のためか夢にうなされることが多くなった。物怪や怨霊に怯えるあまり、大がかりな加持祈禱を行わせ、寺社への喜捨を増大させていった。

道長の策略で、今上方の勢力は取り崩され、道長方の勝利が固まりそうだった。今上はせめてもの望みとして、女御が生んだ自分の第一皇子敦明親王を将来春宮として立坊させることを希望した。

それと取り引きするように、長和元（一〇一二）年、彰子は皇太后に冊立された。

この間、藤式部は彰子に仕えたが、皇太后冊立を機に女房勤めを引くことにした。もう四十をだいぶ過ぎていた。

藤式部は、娘として育ててきた賢子を、いずれ彰子のもとに出仕させるつもりだった。

——賢子を無事に育て上げ、彰子さまにお還ししよう。

この時点で、次の春宮がねには、冷泉系統の敦明親王が立ちそうだった。実は自分の子である二の宮敦成が春宮となってしまったが、このままいけば皇統はいずれ円融系から冷泉系へ移るのである。

——これであの子に、天の怒りが降りかかることもないだろう。

そう思うと、肩の荷が下りる気がした。

彰子は慰留したが、藤式部の意志は固かった。彰子は認める代わりに、一つ条件を出した。

「里居でもかまいませんから、源氏の物語の続きを書くように」

娘時代に戻ったようだと思いながら、藤式部は首を振った。

「皇太后さま、もう源氏物語は終えてしまいました。もはや書くことがありませぬ」

「いいえ、光源氏の子供たちの話があるではありませぬか」

光源氏の次の世代の人々の話を書けと、彰子は促した。

「光る君の時代は私たちの時代でした。でも、時代は移り変わります。次の世代の話を書くのです」

時代が変わるように物語も変わる。しかし、時代が続くように、物語も続くのだ。

最後に、もう一つの源氏物語を。

彰子の言葉に、藤式部の気持ちは動いた。

その勧めにしたがって、藤式部は再び筆を執り、源氏物語最終章である宇治十帖を書き上げた。

宮中を辞去する時、藤式部は道長に最後の挨拶のため対面した。

人払いをした道長は、藤式部が止めるのも聞かず、手ずから御簾を上げた。

久しぶりに直接見た道長は、頭に白いものが増え、大柄な体がさらに横に広がっていた。

まとう衣はより豪華になっていたが、顔の険が以前より深かった。

「そなたが以前、源氏物語を不幸に描いた時は不快だった。栄華を描けと言ったのにあれでは、それが現実になったらどうしてくれようと思うておった」

おどけて言っているのかと思ったら、真剣な顔だった。藤式部は少し微笑んだ。

「あれは、紙の上の草子にござります」

「読んだことに、心に残ったことに、人は動かされるのだ。私を呪うつもりで書いたかと思うたぞ」

そんなつもりはない、と藤式部が否定しようとするのを、道長は手で遮った。

「なれど、確かに、所詮紙の上の話であった」

道長は勝ち誇っていた。

「そなたが何を書こうと私には関わらぬ。私には天性の運があるのだ」

言葉の強さとうらはらに、道長が虚勢を張っているのは明らかだった。その不安げに移ろう眼の色は、藤式部がこれまで見たことのないものだった。

藤式部は思わず問うた。

「あなたさまは、何を信じて、何のために、これまでやってこられたのですか？」

非難するつもりはなく、純粋にその心持ちを聞いてみたかった。

きっとこれが最後の機会だった。

道長は語り出した。

「私は、父兼家がまだ左京大夫で公卿にもなっていない時に生まれた末の息子だった。早熟な兄たちに比べると後れを取ったが、末子なので自分も周りもそういうものだと納得していたのだ」

それは藤式部も知っていた。土御門に縁づいた頃の道長は、大らかな婿君だった。

「なれど、時の趨勢が私を放っておかなかった。私が望んだわけでもないのに兄たちが次々死に、自分に順番が回ってきたのだ。私はつかんだ幸運をものにしようと、ただがむしゃらにやってきたにすぎない。これほどまで位人臣を極めるなど、本当に思ってもみなかった」

道長はじっと自分の掌を見た。

「私は学問ができたわけでも、文芸に秀でたわけでもない。今でも、誰か優れた人物が現れて、預けたものを返せと言われるような気がしてならぬ。そうならないためには、ここぞという時を逃さず行動し、必死に昇っていくしかないのだ。貴族は、自分の代で出世が止まったら、子の代以降は没落していくようになっておるのだからの」

よく知っているだろう、と道長は藤式部に目配せした。藤式部は頷かざるを得なかった。家の格は、曾祖父中納言の時代から今や隔世（かくせい）の感があった。

「兄弟皇統の迭立（てつりつ）などそう都合良くいくはずがない。同腹の兄弟同士ならまだしも、一の宮さまの後に彰子の皇子が入るなど、円滑にいく保証はどこにもない。必ずどこかから横やりが入る。横やりを入れられる前に、入る隙を全て塞（ふさ）いでおくのが私の仕事だ。この世にいる間のな」

その結果がどうであろうと、間違っていたとは思わない。道長の言いたいことはそういうことだった。

「あなたさまはそれでよかったとお思いなのですか？」

「それぐらいしなければ、もともと取るに足らぬ境涯に生まれた自分に、時機をくれた何かに申し訳が立つまい」

「何かとは何でございますか？」

「天であろう」

道長は言いきった。

「だから、この世は我が世と思うのだ」

傲慢かと言われればそうだった。

しかし、藤式部には、時機を与えられたからには活かしきるという、その気概を否定することはできなかった。

道長は深いため息をついて立ち上がった。

「そなたに会うのもこれが最後だろう。達者に暮らせ」

そう言うなり廂（ひさし）の間を突っきって出て行こうとした。が、簀子（すのこ）に出る際に一旦足を止めた。

此方（こなた）をふり返った道長は、いつか宇治で見た泣きそうな表情を浮かべていた。

藤式部は、真正面からその顔と目を合わせた。

そこにあった救いを求めるような眼差しに胸をつかれた。しみいるような哀しみが心の底からわき上がった。

道長は何か言おうと口を開きかけた。しかし、再び口を引き結び、意を決したように踵（きびす）を返した。藤式部は、遠ざかるその背に向かい、深く頭（こうべ）を垂れて見送った。

長年の道長の専横に、皇太后となり皇族の中心となった彰子の心は離れていた。道長の次女で、退位の圧力をかけられた今上の中宮である妍子も同様だった。そして土御門第の女主人として、ずっと道長を見てきた倫子の心はなおさらだった。権勢と裏腹に、道長は孤独な老いた男性となっていた。

長和五（一〇一六）年、冷泉系の今上は譲位し三条帝と称した。次の帝に、円融系である一条帝の二の宮敦成親王が即位し、新たな春宮には三条帝第一皇子敦明親王が立ったが、その後道長の圧力により春宮位を返上した。それに代わって彰子所生の三の宮敦良親王が立坊することになった。

寛仁二（一〇一八）年、道長は、一家立三后の誉れに浴した。

一家から三人の后——太皇太后彰子・皇太后妍子・中宮威子を同時に出すという未曾有の名誉だった。有名な望月の歌は、その祝宴の折に詠まれたものだった。

この世をば我が世とぞ思ふ望月の
欠けたることもなしと思へば

ただ、この歌を頂点として、道長の人生の暗転は始まった。

翌年、九州に刀伊の入寇が起こった。亡き伊周の弟隆家卿は大宰権帥として勇猛に追討し都人の喝采を浴びた。

道長は、胸病と眼病が重くなった。物怪に悩まされることがますます多くなり、ついに皇子たちまで悩まされるようになった。

官を辞して出家しても不幸はやまなかった。

倫子も彰子も出家したが、彰子以外の娘たちが相次いで亡くなった。

ついには、息子の一人も亡くなり、その同じ万寿四（一〇二七）年十二月に道長は薨去した。

あの望月の歌の宴から十年も経っていなかった。その後半生の暗転のさまは、藤式部が書いた源氏物語の暗部を写し取ったかのようだった。

道長没の九年後、帝位にあった二の宮敦成親王は崩御し、後一条帝と諡された。その後を継いだのは、春宮三の宮敦良親王すなわち後朱雀帝だった。結果的に後一条帝の血統は早々に絶え、以後皇統は後朱雀帝系統に引き継がれた。

終章

淡海の湖の上を、月が皓々と照らした。波打ち際の岸辺から南流する瀬田川を眺めると、山懐に抱かれた石山寺の灯火が見えた。

藤式部は五十半ばを過ぎていた。

そっと、傍らの清少納言に語りかけた。

「石山寺でお会いしたあの時、こうなることを教えて下さったのですね」

――あなたの物語は、まだ間に合う。

何のことか、あの時は分からなかった。ただ、子供のため、彰子のために必死で書いた。

「わたくしも子故の闇に惑っていたのかもしれませぬ」

いや、自分だけではないかもしれない。

「人というのは、惑うものなのです」

つぶやくようにそう言って、六十を迎えた清少納言は恬淡(てんたん)と笑った。

――そうなのかもしれない。

藤式部はたゆたう湖面に目を転じた。かすかに波立つ水面に、はかない月影がゆらめいた。見る間に、黒々とした水の上のそれは、波に崩れてはまたきらめきながら浮かび上がった。

――なれど。

「だからこそ、物語に心動かされるのかもしれません。和歌も詩もきっとそのためにあるのでしょう」

止むにやまれぬ気持ちから生まれた心が、闇にもなり光にもなって、言葉になるのかもしれなかった。

藤式部は空を見上げた。

曾祖父たちがかつて眺めた月が、自分たちを静かに見つめていた。さざ波の音がやさしく夜の湖を撫でていった。

〈了〉

主要参考文献

『枕草子』
『伊勢物語』
『萬葉集』
『古今和歌集』
『後撰和歌集』
『新古今和歌集』
『詞花和歌集』
『本朝文粋』
※以上の作品から引用した本文は、全て『新日本古典文学大系』（岩波書店）による。
引用の際に、適宜漢字・仮名遣いを改めた。

『日本古典文学大辞典』（岩波書店、一九八三〜八六年）
今井源衛『人物叢書　紫式部』（吉川弘文館、一九六六年）
倉本一宏『人物叢書　一条天皇』（吉川弘文館、二〇〇三年）

倉本一宏『三条天皇』（ミネルヴァ書房、二〇一〇年）
倉本一宏『藤原道長の日常生活』（講談社現代新書、二〇一三年）
倉本一宏『藤原道長「御堂関白記」を読む』（講談社選書メチエ、二〇一三年）
倉本一宏『平安朝　皇位継承の闇』（角川選書、二〇一四年）
倉本一宏『藤原氏――権力中枢の一族』（中公新書、二〇一七年）
三田誠広『源氏物語を反体制文学として読んでみる』（集英社新書、二〇一八年）
今西祐一郎「『源氏物語』はなぜ帝妃の密通を書くことができたか」（「百舌鳥国文」第二〇号、二〇〇九年三月）
今西祐一郎「『源氏物語』の発生」（『世界の中の『源氏物語』―その普遍性と現代性―』京都大学大学院・文学研究科編、臨川書店刊所収、二〇一〇年）
今西祐一郎「『伊勢物語』はいつ『伊勢物語』になったか」（「中古文学」第一〇四号、二〇一九年一一月）
今西祐一郎教授平成二十二年度九州大学国語国文学会記念講演（二〇一〇年六月）
竹田正幸・福田智子・南里一郎・山崎真由美・玉利公一「和歌データからの類似歌発見」（「統計数理」第四八巻第二号・二八九―三一〇頁、二〇〇〇年統計数理研究所、https://ci.nii.ac.jp/naid/40004739187）

※なお、この共同研究は、以下の科学研究費補助金、特定領域研究（A）「古典和歌データベースにおける表現技法の歴史的研究」における共同研究の一環です（https://kaken.nii.ac.jp/ja/grant/KAKENHI-PROJECT-11164279/）。

朝日新聞「紫式部と清少納言の意外な因縁をコンピューターが発見」（二〇〇一年五月二十六日夕刊）

本書は、二〇二〇年二月に日本経済新聞出版社より
刊行された。

著者紹介
夏山かほる（なつやま　かおる）
佐賀県生まれ。福岡女子大文学部卒、九州大学大学院博士後期課程単位取得満期退学。大学非常勤講師などを経て、2019年、『新・紫式部日記』で第11回日経小説大賞を受賞し作家デビュー。2021年、『源氏五十五帖』を上梓。

PHP文芸文庫　新・紫式部日記

2023年3月22日　第1版第1刷
2024年4月5日　第1版第4刷

著　者　夏山かほる
発行者　永田貴之
発行所　株式会社PHP研究所
東京本部　〒135-8137　江東区豊洲5-6-52
文化事業部　☎03-3520-9620（編集）
普及部　☎03-3520-9630（販売）
京都本部　〒601-8411　京都市南区西九条北ノ内町11
PHP INTERFACE　https://www.php.co.jp/
組　版　株式会社PHPエディターズ・グループ
印刷所
製本所　大日本印刷株式会社

ISBN978-4-569-90301-9